D+

dear+ novel

black shain no tenseisaki wa Dom/Sub universe no sekaideshita・・・・・・・・・・・・・・・

ブラック社員の転生先はDom/Subユニバースの世界でした

栗城　偲

新書館ディアプラス文庫

ブラックク社員の転生先は Dom/Subユニバースの世界でした

contents

illustration : 篁 ふみ

ブラック社員の
転生先は
Dom/Subユニバース
の世界でした
black shain no tenseisaki wa
Dom/Sub universe no
sekaideshita

室内照明が半分以上消された品質保証部のオフィスフロアで、瀬上幹人《せのうえみきと》はじっとモニタの画面を睨《にら》んでいた。

目だけが文字列を追い、途中で内容が頭に入っていないことに気づいて引き返す。文字を追う目のスピードに、脳の処理が追いつかない。

連日検査結果のデータを見すぎているせいだろうか、目が霞《かす》み、耐え難《がた》い頭痛に襲われている。

――目の奥、いってぇ……。

溜息を吐《つ》き、閉じた瞼《まぶた》の上にぐっと掌《てのひら》を押し当てる。

それでも、昨日よりは随分《ずいぶん》マシになった。昨晩は二十二時を過ぎた辺りで眼球の奥が刺すように痛みだし、涙が止まらなくなったのだ。常日頃乾き目に困ってはいたものの、止まらない涙が邪魔でモニタの画面が注視できず、仕事を残して文字通り泣く泣く帰宅したのだった。

朝起きた時点では目の痛みは快復していたが、頭痛がひどい。

頭痛薬を飲んで目薬を差したのに、まったく効いてこないのはどうしてだろう。幹人はもう数ヵ月、慢性的な頭痛に悩まされている。

――駄目だ、少し休憩《きゅうけい》しよう。

デスクの引き出しに入れておいた栄養補助食品を取り出し、齧《かじ》る。

一時間ほど前、部長から携帯電話に届いたメッセージには「お疲れ様、終わったらお前も来いよ！」と居酒屋で同僚たちと撮《と》った画像と、店のＵＲＬが添付されていた。

お前らが手伝えば終わるんだが、という呆れと、手伝われたところで終わらないだろうけど、という侮蔑《ぶべつ》が湧いてきたが、それらもすぐに萎《しぼ》んだ。

――そもそも、まだ品証部に来て一年目の俺しか出来ない仕事ってなに？

可視化されていない仕事は、もし前時代のように紙の書類であるとしたら、自分の前に山積みとなっていただろう。

流石《さすが》、頼りになる、とでも言えば、ほいほい仕事をすると思われているのも腹立たしい。言われなくても仕事なんてするに決まっている、そういう性分なのだから。

幹人が勤務する株式会社大隈《おおくま》は、合成繊維《せんい》や合成樹脂《じゅし》などの化学製品を開発・製造する化学企業だ。アパレル、スポーツ衣料などの生地や、防護服、防寒着などの繊維事業だけでなく、化成品や、コンタクトレンズなど、多岐《たき》に渡る製品を作っている。

その品質保証部へ異動したのは、入社六年目の今年の春のことだ。

新卒から去年までは営業部でそれなりの成績を修めていたつもりだったが、どうやら力不足だったらしい。

営業部や製造部とは犬猿の仲で、社内の嫌われ者の代名詞である品質保証部へ回されると内示を受けたときは、ショックだった。

――いや、確かに俺は理系出身だよ。……だけどさ。

大学で専攻していた分野と細かい性格、勉強熱心さを買われたのだと説明を受けたが、結局のところ、営業部では認められなかった、ということにほかならない。

そして、単なる欠員補充だ。異動後に同僚から一番新参の社員が辞めたその補塡《ほてん》だと言われて、愕然《がくぜん》とした。

――営業がやりたくてこの会社に入ったのに。

人事部と営業部の課長は、営業部で優秀だった君に他部署と品質保証部との架《か》け橋になってほしい、だなんて耳に心地のよさそうなことを言っていたが、ようは尻拭《しりぬぐ》い役が欲しかったということなのだろう。

――マジで、あいつらこの数年なにしてたわけ……？

野菜ジュースのパックに刺したストローを齧りながら、モニタを睨む。

営業部員だった幹人は、幾度《いくど》も品質保証部と話したことがあった。彼らは「まず一度難癖《なんくせ》をつける」というのを「仕事」と認識しているとしか思えず、営業部や製造部に詰められると「じゃあそれでいいです」と引き下がる、という一連の流れを演じるばかりだ。

それに仕事をやたらゆっくりと捌《さば》き、製造や営業を滞《とどこお》らせている。人手がないのかもしれない、と思っていたが。

――……そればっかりじゃなかったな。確かに、俺の異動は、欠員補充の側面も、あったけど……。

品質保証部は、製品が規格を満たしているかどうかを検査する部署である。規格の基準を満たしていなければ、それは製品として売ってはならない。

品質保証部員が検査をし、上長が国際標準化機構による品質マネジメントシステムに関する規格の認証を維持《いじ》するための審査対応を行う。

——……データの、改竄《かいざん》。

異動してきて薄々感じていたのは、そのことだ。

規格から逸脱《いつだつ》したときを除く僅《わず》かなずれは、品質保証部で数値をいじることが常態化している。それでは検査の意味がないのでは、と問い質《ただ》したら、測定装置が古いのでずれが生じるのは仕方がない、多少のずれなら製品上問題がない、と返された。

確かに、測定装置は同じものを検査しても僅差《きんさ》のずれが生じることがままあった。ならば測定装置を替えるべきではないのかと進言したが、そんな費用はない、俺も苦しい立場なのよ、と笑って済まされた。

納得のいかない幹人に、同僚と上司は「またこの手のが来たかぁ」と嗤《わら》い、「じゃあ、規格通りの数字が出るまで測ればいい」と言われてしまった。そこは製造部に依頼すべき問題だろ、と思ったが、そうは行かないことも、もう嫌というほど知っている。

「っ、頭痛え……」

今日の昼の出来事を思い出して、また頭痛が襲ってきた。う、とえずいて口を押さえる。吐き気がするのは、後頭部を刺すような激しい痛みのせいか、昼の遣《や》り取《と》りのせいか。

品証部の検査のやりかたが悪いんだろ。やり直せよそっちで。

製造部はそう怒鳴り、とにかくそんな暇《ひま》はない、お前らは暇なんだからそっちでなんとかしろ、と幹人を追い返した。それはつまり、「検査に通る数値が出るまでひたすら検査をやり続けろ」という意味だ。

埒《らち》が明かないので営業部と製造部の上長に報告をしたら、返答はこうだった。

品証部の検査方法に改善を求める。また、同じように規格とのずれがあった場合は検査の過程を調査し、報告するように。

調査報告を出さなければ異議や異論は認めない、という宣言だ。

それを部長に報告したところ、にやにやしながら「ほら言っただろ？　それはお前の責任なんだから、お前が調査報告しろよ？」と押し付けられた。同僚たちも皆、幹人を「張り切って調子に乗ったバカ」だと嘲笑《あざわら》っている。恐らく辞めていった社員たちは、幹人と同じように数値の改竄ができなかったのだろう。

「……死ね、くそっ！」

堪《こら》えきれずデスクを叩いたら、積んでいた書類が床に落ちた。舌打ちをして、いらいらしながら拾う。ひどく惨《みじ》めだった。

ふと、珍しく紙で発行された社内報が目に入る。

――梁川《やながわ》……。

いつもはダイレクトメールのようにそっけなく届く社内報だが、今月は紙での臨時発行があった。それは、幹人と同期入社である梁川恭司《きょうじ》が、海外で大きな仕事を成功させたからだ。ヨーロッパの老舗《しにせ》ブランドとの契約。そして、有名スポーツメーカーとの新製品の共同開発。

社内報の中で、長身で肩幅《かたはば》の広い体型に合った仕立てのいいスーツを着て微笑《ほほえ》む梁川と、己《おのれ》の落差に、幹人は苦笑する。

梁川の日本人にしては彫りの深い顔立ちに、すっと通った鼻梁《びりょう》、形のいい厚い唇は、女性社員の覚えもいい。

――随分《ずいぶん》、差がついたな。

営業の同期入社である彼は、一年目から頭角を表し、三年目にして広域営業――海外営業部へと異動した。あちらの水は更《さら》に合っていたのか、大変な好成績をあげていると聞いている。

「……結局、負け越したままかぁ」

同期入社とはいえ、特別仲がいいわけではなかった。こちらが勝手にライバル視していただけだ。

――ライバル視っつっても、俺も上位ではあるけど常にトップってわけじゃなかったし……。あっちも別に俺のことなんか、認識してなかったろうな。

そんな事実は先刻承知だし、梁川はとっくに日本にはいない。それなのに今更になって彼と己の差が堪《こた》えるのは、連日の残業やストレスでだいぶ参ってしまっているからかもしれない。

――……こういうときは、今までなら発散方法が色々あったんだけどなぁ。

幸いなことに、一般的に「綺麗な顔立ち」と称される容姿に親が産んでくれたので、特定の恋人を作ったことはあまりないけれど、ベッドをともにする友人はそれなりに多かった。

彼らとは品質保証部に異動してから、忙しくてまったく連絡を取っていない。

幹人の恋愛対象はどちらかといえば男で、とにかく可愛《かわい》らしくて小柄な、線の細いタイプが好きだ。自分が細身体型だというのもあるかもしれない。

学生時代は女性と付き合ったこともあるけれど、男性のほうが好ましく思う。ちょっとMの気がある相手が特に好きで、自分はいわゆる「ドS」と称される性格のため相性がよかった。

――だけど、そんな元気、ねえな……。

以前なら心身が疲弊《ひへい》していても、好みのタイプとベッドをともにすれば元気になった。だが、今はそんな気力も体力も湧かない。自慰《じい》をすることもなくなった。

「……あれ？　三大欲求全部満たしてねえな、俺」

乾いた笑いを漏らし、虚《むな》しくなって立ち上がる。瞬間、目眩《めまい》がしてよろめきながら再び椅子に座り込んだ。

――あー……まずい。今日は早く帰って寝よう……。

早くもなにも、もう夜の二十二時を過ぎている。なにも面白《おもしろ》くないのに、顔が笑っていた。

「……っ痛……！」

突如《とつじょ》、後頭部を思い切り殴られデスクの上に倒れ込む。激痛に呻《うめ》きながら、思わず背後を振り返った。

強盗か、と薄れる意識で考えたけれど、オフィスには自分以外誰もいない。先程の衝撃は殴られたことによるものではなく、頭痛だと気がついた。

「……あ、……」

目の奥も、首の後ろも痛い。首の後ろを手で必死に揉《も》みほぐすけれど、まったく効かなかった。

耐えきれないほどの激痛と嘔吐感《おうとかん》に襲われ、これはまずいのでは、と危機感を覚える。救急車を呼ぶか一瞬迷ったが、頭痛くらいで、と言われそうで躊躇《ちゅうちょ》した。

「う……っ」

がくんと上体が倒れ、デスクに突っ伏す格好になる。

――俺、死ぬんじゃねえだろうな。

幕が下りるように視界が白くなり、焦点が合わない。幹人は呻きながら目の前の社内報に縋《すが》る。

――まだ……、まだあいつに……梁川に勝ててねえのに……！

笑みをたたえる有望株の同期が、ぐしゃりと歪《ゆが》んだ。

「――瀬上《せのうえ》？」

名前を呼ばれて、ふっと目を開く。

今自分のいる場所が判然とせず、ぼんやりと天井《てんじょう》を眺めた。そこにカーテンレールが見えて、幹人は瞬《まばた》きをする。

その視界を遮《さえぎ》るように、見覚えのある顔が現れた。

「起きた？　よかったぁ」

「……保原《ほばら》？」

保原は同期入社の同僚で、営業部に所属している。小柄で元気な彼とは、入社以来仲良くしていたが、品質保証部へ異動してからはほとんど顔を合わせていなかった。何故、保原は異動しなかったのに自分が、という考えを持ってしまい、一方的に気まずくなってしまったのだ。

理不尽な嫉妬心《しっとしん》を持つ自分が恥ずかしくて、合わせる顔もなかった。

――なんだか、久しぶりに保原の顔見た……。

ぼんやりと彼の顔を眺めていたら、その横にもうひとつ顔が並ぶ。それが思いもよらなかった人物だったので、無意識に身を起こしかけた。

だがほんの少し上体が持ち上がっただけで、あっけなくベッドに沈む。そのときはじめて、幹人《みきと》は自分がベッドに寝ていたことに気がついた。

「おい、大丈夫か」

「——梁《やな》、川《がわ》……？」

どうしてここに、梁川がいるのだろうか。そもそもここはどこなのだろう。

「えっと……？」

頭がぼうっとする。目を覚ます前の記憶はひどく朧気《おぼろげ》だ。自分は、いつ、どこで、なにをしていて、ベッドの上に運ばれるに至ったのか。

——あ。

もう一度梁川の顔を見て、オフィスで気を失ったことを思い出した。

信じられないくらいひどい頭痛に襲われ、気を失ったのだ。死ぬ、と覚悟したそのときに、社内報を握りつぶしたのだった。

どうやら生還したらしい。察するにここは、会社の医務室だろう。

——そうだよな、頭痛くらいで死ぬはずなかったわ。救急車なんて、呼ばなくてよかった——

……。

数日間寝ても覚めても襲ってきていた頭痛は、すっかり和《やわ》らいでいる。

もし本当に救急車を呼んでいたら赤っ恥をかくところだったし、労災がどうだとかまたネチネチと言われるところだったに違いない。

普段あまり病院の世話になることがないくらい健康だから、ちょっと具合が悪い程度で大袈《おおげ》裟《さ》に捉《とら》えてしまった。

「悪い、運ぶの大変だったろ？　ありがとな」

礼を言うと、二人は怪訝《けげん》そうな顔をする。

「いや……俺らが運んだっていうか」

言い澱《よど》んで、保原は梁川のほうに視線を向けた。どうしたのかと内心首を傾《かし》げ、先程から気になっていた疑問を口にする。

「ていうか……梁川、いつ日本に戻ったんだよ」

昨日発行の社内報で取り上げられていたのに、帰国しているなんて知らなかった。それとも、知らなかったのは自分だけなのだろうか。

けれど梁川も保原もその質問に答えるでもなく、顔を見合わせている。二人の反応に、幹人のほうが困惑した。

「瀬上、これ何本？」

そう言って、保原が人差し指を一本上げる。覚醒《かくせい》した相手に対してなんて古典的な質問だと思いながら、一本だろ、と返した。

「瀬上、今何月かわかる？」

「七月末だろ。週が明けたら八月だ」

そこに夏休みがなければいずれ過労死していただろう。だが、取得前に過重労働で倒れてこのざまだ。

「瀬上、今何歳？」

「は？　お前らと同じ、今年二十八だけど」

さっきから一体なんなんだと辟易《へきえき》しつつ答える。間違っているはずがないのに、二人は戸惑《とまど》いの表情のままだ。

「なんだよ、どっちか留年してたか？」

「いや、してねえよ。二十八だよ」

「じゃあなんでそんな不正解みたいな顔してんだよ」

正解なら正解らしい顔をしろと不満を言えば、保原は取り敢《あ》えず、と言って枕元に手を伸ばした。

それから改めて椅子に座り直して、ええとね、と口を開いた。

「梁川が帰国したのは、去年の年度初め……四月一日。一年以上前だろ？」

「は？」

そんなはずはない。

先日、同僚たちが就業中に「梁川、しばらくはあっちにいるっていうけど、もう帰ってこないんじゃないの？」という会話をしていたのを聞いた覚えがある。それに昨日ななめ読みした社内報にだって、梁川が主導の「次の海外プロジェクト」の話が掲載されていたはずだ。

「嘘だ」

「嘘じゃねえよ。そのときに同期で飲み会だってしただろ、お前が幹事で」

「……はあ？」

まったく身に覚えがない。飲み会の幹事どころか、飲み会自体があまり行われない会社で、同僚と飲んだことはないに等しい。まして、勝手にライバル視している自分が、梁川のための飲み会の幹事を引き受けるなんてありえない。

「そんなこと――」

否定の声をあげようとしたら、がらりと引き戸が開かれた。白衣の女性が現れて、幹人は目を瞬《しばたた》く。梁川と保原が彼女に会釈《えしゃく》をした。

「瀬上さん、目を覚まされましたか？　気分はどうですか？」

医務室に看護師さんっていたっけ、と思いながらも「なんともないです」と頷く。

「すぐに先生がいらっしゃいますから」

「はあ……」

看護師と思われる女性は来たときと同じく慌ただしい様子で退室する。扉が閉まるのを見送ってから、幹人は二人に目を向けた。

「ここって会社の医務室じゃねえの？」

「いやどう見ても病院だろ」

梁川に間髪《かんはつ》を容《い》れずに訂正され、眉根《まゆね》を寄せる。

「だって、俺オフィスで倒れてたんだろ？」

まだ頭ははっきりしないものの、それは間違いないはずだ。

けれど、梁川と保原はまた怪訝そうに目配せをした。記憶があやふやなのかも、まあそうなってもおかしくないか、とぼそぼそと言い合っている。本人の目の前で内緒話とは感じが悪い。

「おい、なんだよさっきから。はっきり言えよ」

不満を訴《うった》えると、二人はまた視線を合わせ、それから梁川が口を開いた。

「お前、俺たちと帰宅してる最中に……駅で倒れたんだよ」

「……駅で？」

しかも、三人で帰宅？　と反芻《はんすう》し、頭が混乱する。

保原はともかく、梁川と帰りが一緒になったことなど、新卒の時期に数えるほどしかない。

それに、この数ヵ月は終電間際にしか退社できず、営業部員に限らず誰かと一緒になるような時間に帰れたためしはない。

「な、なんで？　なんで一緒に帰ってたの俺ら」

「なんでもなにも、ノー残業デーにはだいたい駅まで一緒だろ」

「ノー残業デー？」

そんな都市伝説のようなものはうちの会社にはない。

一応ノー残業デーなる文言《もんごん》と制度自体は存在するが、皆社員ＩＤで退出手続きをしてから居座る、という方法を取っているのであってなきが如《ごと》きシステムだ。

「なんで……？」

同じ言葉しか出てこない幹人に、彼らは不安そうな顔になった。

「とにかく、記憶にないかも知れないがお前は昨日、駅のホームで喘息《ぜんそく》の発作を起こして倒れて、病院に運ばれたんだ」

「……喘息？　俺が？」

懐かしい病名に、思わず目を剝《む》く。

「そう、季節の変わり目には弱い、って。でも寒いより暑いほうが平気だから、って言ってたのに、駅の階段上ったところで倒れて」

確かに幹人は、子供の頃に小児喘息を患《わずら》っていた。だが高校生になる頃には寛解《かんかい》し、今ではまったく問題がなくなっている。

黙り込んでいると、梁川が小さく溜息を吐いた。

「まだ、目が覚めたばかりで記憶が混乱してるのかもしれねえな」

「あんまり疲れさせてもなんだし、そろそろお暇《いとま》する？　お見舞いの時間も終わるし」

そうだな、と頷いた梁川の視線が、じっとこちらに向けられる。なにか物言いたげな様子で注視され、幹人は戸惑った。

だが、梁川はなにも言わず、二人は「じゃあそろそろ」と腰を上げる。

「あ、そうだ。一応入院に必要そうなもん買っといたから」

梁川の指が向けられたほうへ顔を向けると、サイドチェストの上に色々詰め込まれたエコバッグが載っていた。まさかの気遣いに驚いてしまう。その横には、営業時代に使っていたビジネスバッグも並べられていた。

「常備薬……の類《たぐい》は、普段なに使ってるか知らないから入れられなかった」

まあここ病院だしな、と二人が言う。

「それにしても梁川、そういうとこすごいマメだよね。流石」

「もしかしたらすぐ退院できるかもしれないけど、なにか必要なものがあったら、連絡くれれば持ってくるから」

「あ、ありがとう、梁川」

そんなに仲がいいわけでもないのに、なんでそこまでしてくれるんだ、という疑問を飲み込んで感謝の言葉に代える。

「いいって。じゃあ、お大事にな」

ひらひらと手を振って、梁川と保原が病室を出ていく。引き戸が閉まり、しんと静まり返った病室で「えっ？」と声を上げる。

——なに？　なんだ？　どういうことだ？

自分の記憶にある出来事はすべて夢だったのだろうか。夢にしてはリアルで、むしろ、今のやりとりで把握《はあく》した状況のほうが現実味がない気がする。

困惑していると、医師と思われる男性が病室に現れた。彼はベッドの横に立ち、幹人の顔を覗き込む。

「お名前、言えますか？」

「瀬上幹人、です」

そして、主治医を名乗る彼から聞かされた話に、幹人はまた混乱する羽目になった。

幹人《みきと》は一週間ほどの検査入院が必要である、と言い渡された。お盆前後に使うつもりだった夏季休暇すべてと有給休暇が消化されてしまったが致し方ない。

入院中に医者から聞いた話によれば、幹人は一度死んだらしい。

帰宅途中、駅のホームで喘息の発作を起こし昏倒《こんとう》、すぐに救急車で運ばれたが、一時心肺停止の状態に陥《おちい》ったと。

そのせいで記憶の混濁《こんだく》、及び部分健忘《けんぼう》の症状が見られるのではないかという見立てだ。

成程、と一応納得できる理由ではある。確かに、目が覚めたときにだいぶ混乱していたし、記憶が曖昧《あいまい》な部分もあった。

見舞いに来てくれた二人との会話も、自分ではちゃんと出来ているつもりだったがそうではなかったのかもしれない、話が食い違うのもそういうことなのかもしれない、と思った。

幹人が小さく嘆息すると、病室のドアがノックされる。

「……はい？」

「おはよー、瀬上《せのうえ》」

ひょこっと顔を見せたのは、保原《ほばら》だった。その後ろに、梁川《やながわ》の姿もある。

おう、と笑顔で応答しかけ、微妙な違和感を持った。けれどそれがなにかを整理する前に、

「悪いな、朝から。もう飯食った？」と梁川に話しかけられ、頷いた。

「記憶喪失《そうしつ》って聞いたけど本当か？　なんか変だったもんな」

「あー……そんな大層なもんじゃないんだけど……」

昨日のうちに、保原にそんなメッセージを送っていた。

記憶に曖昧な部分があるため、医師からは「もしパートナーの方がいたら連絡を取って」と言われたが、残念ながら独《ひと》り身《み》である。

「なに、それで心配してきてくれたのか？」

「いや、それもあるけど、別件」

「そこは普通に心配した、でよくねえ？」

冗談まじりに不満げな顔をすると、梁川も保原も声を揃《そろ》えて笑った。

――保原には記憶喪失って言ったけど……なんか、変なんだよなぁ……。

倒れた状況を聞いても、違和感ばかりがある。「梁川と保原と帰宅した」記憶なんて、一切思い出せない。彼らが言っていた飲み会の話も、まったく覚えていない。

その一方で、気を失う前の頭部の激痛や、連日の過重労働ははっきりと思い出せる。とっくに寛解したはずの喘息で倒れた覚えはない。

「記憶喪失っていうか、なんか混乱してるっぽい……？」

病院から連絡を受けた両親が心配して見舞いに来てくれ、彼らが自分の記憶している通りの二人でほっとした。

――先生は記憶障害っていうのはそういうものだって言ってたけど……。

納得する反面、説明しがたい妙な違和感は常にうっすらとつきまとっている。けれど、それが明確になにかはわからないのだ。原因は、ここが自分にとっての非日常的な空間である病院だからだろうか。

――早く家に帰りたい……仕事に戻らないと。

仕事、という言葉に心がずしりと重たくなる。

またあの会社に戻って、ひとりきりで遅くまで仕事をしなければならないのかと思うと、憂《ゆう》鬱《うつ》で仕方がない。

はあ、と息を吐きながら口元に触れ、はっと二人の顔を見る。先程抱《いだ》いた違和感の正体がわかった。

「――お前ら、マスクは？」

なにか変だと思ったが、保原も梁川も、勿論《もちろん》自分もマスクをしていない。

幹人が二人の顔をよく見ていたのは、国民のほぼ全員がマスクをするようになる前のことだった。幹人の中では、二人はマスクをつけていない顔のほうが馴染みがあったので、気づくのが遅れたのだ。

けれど保原と梁川は、不思議そうな顔をしている。

「あ、病院って見舞いに来るときマスクしたほうがいいんだっけ？」

「いや、そういうことじゃなくて……」

世界的に感染症が流行している現状で、少なくとも今の日本においては老若男女問わず、ほぼ全国民がマスクなしで外出できる状況ではないだろう。

そう言うと、二人は声を揃えて笑った。

「おいおい、どこのSFの話だ？」

「そういう映画かなんか見て、記憶が混同しちゃったんじゃないの？」

「そういや、倒れた日にそんな名前のビール飲んでたっけな」

幹人を騙《だま》そうと揶揄《からか》っている――というわけではないらしい。

唖然《あぜん》として、入院してから抱いていた違和感の正体にもうひとつ気づいた。

――そうか、感染症のニュースが全然やってないんだ。

慌てて携帯電話でネットニュースの見出しを読む。

――……ない。

感染症の名称で検索《けんさく》しても、ひとつも出てこない。

あまりに日常になりすぎて、感染症のニュースはほぼ気に留めなくなっていた。ネットニュースでもいちいち記事を読むことはない。世の中の出来事よりも今の自分のことで精一杯で、目に入っていなかった。

――いつのまにか特効薬かなんかできて解決していた？　いや、そんなはず……。

愕然《がくぜん》と固まる幹人の肩を、保原が優しく叩く。

「まあ、脳ってそういうこともあるらしいじゃん？　そのうち落ち着くよ」

「あ……うん……」

惑乱したまま頷く。でもなあ、と梁川が頭を掻いた。

「仕事のほうは大丈夫なのか？　そのあたりごっそり抜けてたりとかしないよな」

「し、してない、と思う。それははっきり覚えてるし」

まだ検査途中のものや、未提出の検査調査書が溜まっている。

入院中だから気を遣っているのか、品質保証部からは連絡もないし、別にどうでもいいが誰も見舞いにすら来ない。

梁川は抱《かか》えていた鞄《かばん》から、ファイルケースを取り出した。

「じゃあゆっくり休ませたいところなんだけど、これ一応確認してくれるか」

「え？　あ、ああ」

何故、営業部であるらしい梁川が俺に？　と怪訝に思いながら書類に目を落とす。

その文字列を見て瞠目《どうもく》した。

「なに、これ」

「……やっぱ記憶にないか？」

梁川の言葉に、ぶんぶんと頭を振る。

記憶にはある。でも、これは。

——これは……俺が品証部に異動したときに引き継いでいった仕事じゃないか……！

自社の合成繊維でできた生地を、老舗百貨店に売り込んだ。その百貨店は呉服屋を起源としていることもあり、自社オリジナルの和服も販売している。そこで、来年の創業一三〇周年という節目を狙《ねら》い、正絹《しょうけん》と光沢《こうたく》や手触りの似た合成繊維を提案した。見た目は絹そっくりだが、自宅でも簡単に洗えて、伸縮性があるので絹や今までのシルキー合織よりも縫製《ほうせい》がしやすいという特長がある。

若手のデザイナー、イラストレーターなどとのコラボも決まり、じっくりと企画を進めていたところで、世界規模での感染症の流行があった。

それだけでも大変なことだったのに、幹人の品質保証部への人事異動が通達され、途中で引き継ぎせざるを得なくなるという後味の悪い最後の仕事だった。引き継ぎという貧乏くじを引かされた保原は、たまったものではなかっただろう。

――もう二年近く前の企画……だけど、そうか、もう最終調整の段階に入ってる頃になるのかな……、えっ⁉

担当者名を確認すると、「瀬上幹人」と記載されていて、目を剝《む》いた。慌てて年号を確認したが、今現在のものである。

――え、担当が俺？　確かに思い入れ強かったけど、そういう心憎《こころにく》い演出……ってそんなわけあるか！

「デザイナーさんのほうから、色味の件で問い合わせが……おい、大丈夫か？」

書類を睨みつけたまま固まる幹人に、梁川が心配そうな顔をする。

「う、うん」

「製造との間に入るお前との連絡が取れないって電話かかってきたんだ。一応俺が受けて、製造とやりとりして調整しといたけど……事後報告みたいな形になって悪い」

俺に連絡、どうして。

もしかしたら、前担当にも経過を報告してくれているのかもしれない。一瞬そんな考えも過《よぎ》ったが、それにしては梁川の科白《セリフ》に違和感がある。「製造との間に入るお前との」という言い方では、まるでまだ自分が営業にいるみたいだ。

「ええと、うん。……ありがとう」

「どういたしまして。ま、念の為《ため》な」

にこりと笑う梁川の腕を、保原がつんつんとつつく。

「これ引き受けたときからやけに面倒見るじゃん、個人主義気取ってたくせに～」

梁川は鬱陶《うっとう》しそうに腕を払って眉根を寄せた。

「電話受けたのが俺だったし、そもそもそういう〝性質〟なんだからしょうがないだろ。別に、これが保原でも俺はだな」

「はいはい、わかってるって。でも、か弱いとこ見て気になっちゃったんじゃないのー？」

「ばっ……瀬上、違うからな！」

なんかよくわからんけど仲いいな、と眺めていたところに急に梁川から話を振られて、「お、おう」と頷いた。

「なあ……あのさ、品証部ってどうなってる?」

そんなことよりも、ずっと気になっていたことを梁川と保原に問いかける。二人は揃って目を瞬いた。

「品証部? なんで?」

なんでって、と言いさして唇を引き結ぶ。

自分は、もしかしたら夢を見ているのかもしれない。

死に際に心残りが色々あって、それを夢で叶《かな》えているのかもしれない。まだこの企画のことが心に引っかかっていたのだな、と自嘲した。あのときの企画が成功していれば、自分は品質保証部に異動なんてしなかったのかも、などと無意識下に考えていたのだろうか。

——この世界では俺、営業部のままなのか。

先程目を通した書類にも、担当者である幹人の所属は「首都圏営業部一課」と記載されていた。

営業の外回りの途中で寄ったという二人は、並んで帰っていく。

携帯電話のアドレス帳を見て、デザイナーの名前を見つけた。入院してしまい、すぐに返信できなかったことの詫《わ》びと、改めて後ほど連絡をする旨《むね》をメッセージで伝える。

幹人は営業部時代、仕事の細かい進捗《しんちょく》は手帳に書いていた。今どき紙？　と言われることもあったが、そのほうが頭に入って把握《はあく》しやすかったのだ。

ビジネスバッグを探り、入っていた手帳に書き付ける。倣《なら》いのようにそうしてから、手帳を見れば「こちら」の自分がどういう仕事をしていたのかわかるのではないかということに気がついた。

慌てて、ページを戻る。見慣れた自分の字で、細かく色々とメモがしてあった。自分がそうしていたように、ときには日記のようなことも書かれている。

——あ。

一ヵ月ほど前の日付の、日記のようなメモに目が釘《くぎ》づけになる。そこには、「品質保証部へ異動することとその愚痴《ぐち》と悩み」が書かれていた。

自分は——自分の認識では、一年も前に品質保証部へ異動している。当然今から一ヵ月前に「品証部へ行く愚痴」など書いているはずがないし、書いた覚えもない。

だけど筆跡は間違いなく自分のものだった。

誰に見せるものでもないのに、幹人のメモの内容は愚痴がありながらも穏やかで、過去の自分が毎日思っていたような「ライバル全員死ね」などとは書いていない。

それでも大まかな思考は似ていて、自分では営業部に留まれる実力がなかったのか、評価されていなかったことが悲しい、ということが綴《つづ》られている。

「え……っ」

更にページを捲《めく》り、目に止まった言葉に体が強張《こわば》った。

最近ずっと体調が悪い。喘息が悪化している。数日前の夜の発作のときは、死ぬかと思った。でも仕事を休みたくない、立ち止まったらそのまま死んでしまいそうで、怖い。今の仕事を終えたら思い残すことはほとんどないけど、死ぬのが怖い。

不安げに震える文字でそんな書き付けがあった。

——……夢？ 現実？

今自分が目にしているものと、それとは別の記憶。そのどちらが現実でどちらが夢なのか。

ベッドにいて、手帳をめくるこの感触はリアル以外のなにものでもない。

ならば品質保証部で仕事していたこと自体が「記憶の混乱」なのだろうか。でもやけにリアルな「品証部での記憶」は経験のないはずの自分が想像できるものなのか。

むしろ、この切々と書かれた不安や、「思い残すことはない」という感情のほうが、幹人にとっては現実感のない遠い存在としか思えなかった。

——「俺」は全然体調に問題がないし、しかも異動の予定はあるけどまだ営業部で、前にやり残した仕事を継続してできてる。

これが夢なら覚めなくてもいいのに、と苦笑する。

寝て起きたら現実かな、と残念に思いながら、しばらく夢を堪能《たんのう》することにした。

――いや、覚めねえのかよ。

夢なら覚めなくていいのに、などと思っていたけれど、一向に覚める気配がない。

起きて食事して寝て検査して、期日を迎えて退院手続きをして、本日ついに出社した。夢なのだろうかと疑いながらも仕事に出向いてしまう自分は、生真面目《きまじめ》というよりワーカホリックなのかもしれない。

――俺、子供の頃から夢とか見ねえタイプだったわそういえば。

それとも現実の自分は意識不明のまま長き時間を夢の中で過ごしているということなのか。

それはそれで恐ろしい。

現実と変わらない会社のエントランスを抜け、営業部と記載されたＩＤカードを使用してオフィスに入る。

恐る恐る営業部を覗くと、見知った顔が沢山あった。ほっとする反面、どういう反応があるのか怖くて身構えていると、全員が笑顔で迎え入れてくれる。

「お、今日からか～！」

「瀬上《せのうえ》さん、退院おめでとうございます！」

「あ、ありがとうございます……」

あんまり無理しないでとか、今日からまた頑張ってもらうぞ～、などと皆が気さくに話しかけてくれた。

幹人《みきと》も微笑みをたたえながら彼らに礼を言い——どっと汗をかく。

——いや、誰よ⁉

誰なのかはわかる。

席も異動前と同じ場所だ。隣に座る後輩の郡山《こおりやま》も、斜向《はすむ》かいの同期の日和田《ひわだ》も、向かいに座る営業事務の五百川《いおかわ》さんも、全員知っているし、名前も顔も一致している。

だが、自分を含めて彼らはいつも殺伐《さつばつ》としていて、病み上がりの同僚が復帰したからといって笑顔で声をかけたり、他意もなく労《いたわ》りの言葉をかけてくれたりするような人々ではないはずだ。

——課長なんて顔色が違いすぎる……。

にこにこと笑いながら、できる限りのサポートはするから無理はしないように、だが期待してるぞ、と朝一番に激励《げきれい》してくれた本宮《もとみや》課長は、幹人の記憶の中では青白く窶《やつ》れた、そのくせ目だけはギラギラしているような男だった。今日は大変血色がよい。

幹人の知っている本宮課長という人は、神経質で常にいらついていて、営業成績のいい者には溜息とともに「もっとできただろ」と言い、営業成績の振るわない者には「真面目にやってんのかよ、やる気あんの？」と溜息交じりに言うような人だ。

――俺ってこんな願望抱《いだ》いてたのか。

現実との落差に、まったく自覚していなかった己の願望を突きつけられたようで愕然とする。

――……それとも、これが現実だった？　俺の頭の中にあるこの記憶は、「意識の混乱」による偽物《にせもの》なんだろうか。

それはそれでぞっとする。

病院で目が覚めてから、いつも言われるのは「まだ少し混乱しているようですね」とか、「記憶が違ってしまうことというのはよくあるんです」ということだ。

だとしたら、真偽の証明はどうやってすればいいのだろう。

――単なる記憶障害なのに、妙にＳＦめいた悩みだな。

自分がファンタジーやサイエンス・フィクションの主人公にでもなった気分だ、と馬鹿げたことを考える自分に内心苦笑した。

とにかく職務を全《まっと》うしようとデスクに向かったところで、パソコンのメッセージアプリに課長から「瀬上くん、ちょっといいかな」とメッセージが届く。

ちらりとうかがうと、課長は無言でオフィスを出ていった。その行きしなに、「五分後に小会議室に来てくれる？」とメッセージが追加で送られてくる。

前世での課長はこういうとき「ちょっといいか」と皆がいる前で呼びつけるタイプだった。僅《わず》かな違いだが、結果には大きな差がある気遣いが見て取れる。

了承の返事を出してから、五分後に席を立った。営業部とは別フロアの小会議室に行くと、課長が「やあ」と手を上げる。会釈して、中に入った。

「どうかされましたか？」

「うん、改めて退院おめでとう。体調はどうかな？」

「特に問題はないです。ただ、やっぱり記憶が曖昧《あいまい》なところがありますね」

ここは俺の知らない世界ですと頭のおかしい説明をするわけにもいかない。課長はそうか、と頷いた。

「部分的に記憶が変わってたり、忘れてたり、って話は聞いてる。それで、念の為もう一度話をしておこうかと思って」

「はい」

「君が入院する前、内示の話をしていたの覚えている？」

「……内示、ですか」

記憶はないが、察しはついている。こちらの自分が手帳に書き付けていたメモを見ていたこともあるし、現実世界でも異動していたのだ。

ここでしらばっくれたらなかったことにならないかな、などと考えていたら、課長は「やっぱりそのあたり覚えていないよね」と少々誤った方向に察して、眉尻を下げた。

「じゃあ改めてもう一度話すけど、君に、品証部への異動の話が出ている」

——ですよね。やっぱりその話ですよね。

「来月……九月から、という話だったんだが。公示は二週間後、引き継ぎはそれからでも大丈夫かな」

時期は一年ずれているが、やはりこちらの世界でも品質保証部への異動は免《まぬが》れないらしい。

「品質保証部への異動」の話をされるのはこれで二度目となったが、やはり慣れるものではない。

悄然《しょうぜん》としている幹人に、内示を告げるのが二度目である課長も、申し訳なさそうな顔をしていた。

「前も言ったけど、決して君が営業部に必要がないから、ということではないんだ」

「そう、ですか」

言い方は大きく違うが、課長は「前」と同じことを言う。

じゃあ何故、他の誰でもなく自分なのかという気持ちが湧くのは止められない。

「正直なところ、君は成績もいいし、営業先の覚えもめでたい。……でも、体力的にきつそうだという評価もあってね」

「——それは」

それは俺じゃない、もう大丈夫だ、と言いかけて飲み込んだ。

「……つい先日も、倒れて死にかけてますしね」

別の言葉に言い換えたら、課長は否定も肯定もせず、ただ苦笑する。健康面を理由にされてしまっては、反論はしにくい。自分の体感では現在は健康そのものだが、つい先日倒れて死にかけたという事実があるのだ。

手帳に書き付けられた日記のようなものにもすべて目を通した。そこから察するに、こちらの「瀬上幹人」は業務中に幾度も発作を起こしているようだ。稀《まれ》にだが、客先で軽い発作を起こしたこともあるらしい。

——それを考えれば、こっちの「俺」はじゅうぶん成績を評価してもらって、異動を待ってもらえてたような気もするし……。

不幸中の幸いというか、入院のお陰で元気になった。「喘息の発作で一度は死んだ」などと脅《おど》かされて子供の頃の苦しい記憶が蘇《よみがえ》り、また発作が起きたらどうしようかと戦々恐々としていたが、喘息の予兆《よちょう》もいまのところはない。

もっとも、健康であろうとなかろうと、運命には抗《あらが》いようがないのかもしれない。

「わかりました。……って言っても、僕が了承するもしないもほぼ決定事項ですもんね」

課長は少々申し訳なさそうな顔をして「そうだね」と頷く。

「会社員ですから、文句は言いません。……ただ、もう少し営業の仕事がしたかったな、と惜しくは思いますけどね」

「それは僕もだよ。せっかくの優秀な営業部員を、大きな企画の途中で異動させることほど歯がゆいことはないと思ってる」

間髪を容れずにそんなふうに言ってもらえて、「最初」の異動のときからずっと燻《くすぶ》っていた蟠《わだかま》りのようなものが、ほんの少しだけ解消された気がした。

ありがとうございます、というと課長も力なく笑う。

「異動に際しては、瀬上くんには営業部の知識をフル活用してもらったり、緩衝材《かんしょうざい》としての役割を担《にな》ってもらったりしたい、という狙《ねら》いは感じられるけどね」

「……そうですか」

「というか、風通しをよくしたい、っていう改革らしいよ」

だからなんでそれが俺だったんだよ、というお馴染みの疑問が喉まで出かかる。だが、ふと大仰《おおぎょう》な表現に気づいた。

「『改革』ってことは、営業部……僕以外の異動もあるってことですか?」

思わず訊《たず》ねれば、課長は一瞬「あっ」という表情をして、それから曖昧に笑う。

「それはどうとも言えないけど……新しい上長も入るみたいだっていうのは、聞いてるね。風の噂《うわさ》で」

「新しい上長?」

それは、前の世界にはなかった人事だ。

もっと深く話を掘り下げて訊《き》きたかったが、課長も詳細は知らないだろうし、知っていたとしてこれ以上の話はしてくれないだろうなと思い、口を噤《つぐ》んだ。


改めて内示を突きつけられてショックは受けたものの、それはさておき、幸いなことに営業部としての業務はなんの支障もなく進めることができた。

あっという間に週末となったが、特にトラブルは起きていないし、周囲から不審がられることもない。

周囲が病み上がりの幹人《みきと》をサポートしてくれたことに加え、多少時期は前後している案件はあるものの記憶の中にある仕事の内容ほぼそのままだったからだ。

すべてに、覚えがある。取引先も担当者を含めてなにひとつ変わりがなかった。

むしろ性格が改変されているのは同僚たちのほうで、仕事相手はほとんど「記憶」の中のままである。

「――……ええ、はい、ご迷惑をおかけしました。今週から復帰いたしましたので」

今週は顧客のひとりひとりに謝罪の連絡をしつつ、場合によっては直接出向いた。

――だけど、結局異動するんだよなあ……。

次に直接訪ねるときは、恐らく引き継ぎの話になる予定だ。自分の中に残っている記憶では、彼らは幹人の突然の異動の報告に、とても残念そうにしてくれた。

電話を切って溜息を吐いたら「どうした？」と声をかけられる。

顔を上げると、外回りから戻ってきた梁川《やながわ》がいた。

「梁川、おつかれ」

「おつかれ。なに、溜息」

あー……と苦笑し、頭を掻く。

「いや、復帰したてっていうのもあるけど、お客さんが皆気ぃ遣ってくれてさ」

客どころか、営業部の全員が親切でとても不気味だ。

「多少申し訳なさはあるけど、いいことじゃねえか」

「いやそうなんだけど。皆『おうかがいします！』っていうと『病み上がりなんだからしばらくいいよ』って断ってくる……」

嘆《なげ》いた幹人に、梁川は小さく吹き出した。

「ありがたいけど、しんどいなそれ」

「だろ⁉　本気で気を遣ってもらってると思いたいけど、他に浮気されてるんじゃねえかとか、これを機にフェイドアウト狙われてるんじゃねえかとかさ⁉　疑心暗鬼に駆られるわけよおわかり⁉」

一息に不安を吐露《とろ》すると、梁川は今度は声を立てて笑った。

「いやわかる。すげえわかるわ」

「営業トップのお前に、俺の気持ちがわかるもんか！」

「やめろ情緒不安定。わかるっつってんだろ」

軽口を叩いて笑い合い、はたと気がつく。

考えてみれば、こんなふうに梁川と話をするのはどれくらいぶりだろうか。もしかしたら、新人研修の頃以来かもしれない。

——成績に差がついてから、勝手にライバル視してたしなー……。

つまりそれは、新卒一年目の研修後から、ということになる。梁川はいつも余裕な顔をして躱《かわ》していて、それがますます自分との人間性の差を見せつけられているようで悔しかった。

梁川が海外に栄転する間際など、ほとんど目も合わせていなかった覚えがある。

——こっちの世界では、そうでもねえのかな？

じっと梁川の整った顔を注視していたら、彼はほんの少し動揺を滲《にじ》ませて首を傾げた。

「なに？」

「なんか、お前の顔まともに見るの、久しぶりだなあと思って」

ごく素直に理由を言ったが、梁川が苦笑する。

「なんだよ、ほとんど毎日顔合わせてんのに、まともに見てなかったのかこの美貌《びぼう》を」

「美貌」

おうとも、と大袈裟《おおげさ》に頷いて梁川はウインクを投げてくる。

「おえっ」

「おいテメエ失礼だぞ」

本気で怒っているわけでもなく言う梁川に、笑ってしまう。

実のところ、まったく、これっぽっちも好みのタイプではないのだが、一般的には整った容貌ではあるのでおふざけとはいえ少々どきりとしたことを胸の内にしまう。

――現実の梁川も、ちゃんとしゃべってみたらこうだったのかね。

ふ、と小さく吹き出したら、彼も笑った。

「なんかお前さ、退院してから変わったよな」

「――」

梁川の科白に、幹人は固まる。

「……そう？　どのへんが？」

改めて問いかけられて、梁川は思案するように腕を組んだ。

「元気になった。快復って意味だけじゃなくて、性格が」

「性格？」

「前はもうちょっと儚《はかな》げっていうか……どこか諦《あきら》めてるみたいなとこあったから」

思いがけない形容に、思わず目を瞬く。

儚げ、この俺が。

がさつとまでは言わないが、普通に元気な成人男性だし、仕事に関してはガツガツしている。

その結果の、梁川に対する異常なライバル視だ。

一致しない己の人物像に困惑した。

——ああ、でも。

近年の、彼の記憶の中の自分は、「儚い」という形容とは違うが「今にも死にそう」ではあったろう。だから、「諦めている」ように見えたのかも知れない。

「……一回死んだからかもな」

梁川に対する敵愾心《てきがいしん》のようなものが抜けてしまったのは、きっとそれが原因だろう。一度死んだ上に、どう足掻《あが》いても逃《のが》れられない異動の辞令が重なって、無駄な焦燥《しょうそう》や苛立《いらだ》ちを抱こうとも思えなくなった。

異動はショックだったけれど、まあ、そうですよね、という、悟りを開いたような気分になったのだ。

「生まれ変わったんだろうよ、きっと」

「洒落《しゃれ》にならん」

冗談で言ったつもりもなかったけれど、「これ俺にしか使えない鉄板ギャグになるんじゃねえかな」などと考えるくらいには心に余裕ができていた。

入院で強制的に休息を余儀《よぎ》なくされ、会社に戻ったら労りの言葉をかけられる。自分が記憶しているあの世界の、あの仕事には戻りたくない。今はそう思う。

けれど、あのままオフィスで目を覚ましていたら、どんなに体が辛《つら》かろうと会社に行かなければならないと当然のようにとらえていただろう。

「……ま、俺は今のお前のほうが」

「あ?」

「……面倒見たくなる感じあるけど」

なんだ急に、と眉を顰《ひそ》めると、梁川は慌てたように首を振った。

「いや、変な意味じゃなくて。なんかほっとけない感じがするっつうか」

「はぁ?　だって前のほうが佳人薄命《かじんはくめい》で嫋《たお》やかな俺だったんだろ。逆じゃねえ?」

過剰《かじょう》に表現すると、梁川が小さく笑った。

「そこまでは言ってねえよ。……瀬上《せのうえ》、お前さ」

「ん?」

「……いや。でもほら、瀬上の場合は喘息持ちって割と知られてるから、周囲も心配しがちなんじゃないか」

なんだか話が前後してんなあ、と思いながらも、幹人は頭を掻く。

「……まあ、なあ。お客様だけじゃなくて、なんか営業部のやつらもやけに心配してくれてるしな。気持ち悪いわ」

「俺らの気遣いをなんだと思ってんだ」

――だって、喘息の発作なんて子供の頃以来起きてないし。入院中からずっと、一度も起きなかった。

本当に喘息が悪化しているなら自殺行為だが、思い切り走ったり階段を駆け上がったりしてみたのだ。だが、なにも起きなかった。息苦しさも不安も、自分の中にはない。けれど、鞄や机の中に、吸入器が入っているのを見ると混乱する。

黙り込んだ幹人をどう思ったか、梁川は「ま、そのうち日常に戻るって」とフォローしてくれた。

日常って、どの日常？　そんな問いを苦心して飲み込んだ。

「……それもそうだな。よし、今はやれることをやるか！」

腕まくりをして、引き継ぎの書類を作ろうとデスクに向かい直したら、梁川に『待て』と止められた。

「――」

別段強い語調というわけでもなかったのに、声がかかった瞬間、自分でも驚くほどびくっと固まってしまった。

「え……?」

「えっ?」

お互いに声を上げて見つめ合う。

「……なにか問題でも?」

何故かうっすらと戸惑いの表情を浮かべる梁川にそう訊ねると、彼ははっとして、首を横に振った。

「いや、……もう時間だろ」

「時間? なんの?」

は? と梁川が顔を顰《しか》めてオフィスの壁掛け時計を指差す。

「終業時間。もうとっくに終わってるだろ。俺ら以外いねえぞ、もう」

「えっ!?」

言われて周囲を見渡したら、確かに自分と梁川以外誰も残っていなかった。どうやら、幹人が電話をかけている最中に皆帰宅してしまったらしい。

ひとりきりでオフィスにいる状況自体は珍しくないが、まだ十八時十分だというのにほぼ全員が退勤処理をしているなんてどういうことだろう。

「なんで？」

思わずそう口に出すと、ほとんど独り言のそれに梁川が答えた。

「なんでって、俺は直帰しようと思ったけど経理に用事があったから寄って、その帰りだけど」

「いやそういう意味じゃなくて。こんな早い時間に帰れるなんてホワイト企業みたいじゃねーか」

幹人の発言に、梁川は益々《ますます》怪訝な顔になる。

「自分の所属してる会社をこんな表現するのもなんだけど、弊社《へいしゃ》は大手且《か》つ、そこそこのホワイト企業でございますが？」

芝居がかった口調で梁川が言い、幹人はあんぐりと口を開けた。

――なにそれ俺の知ってる弊社じゃねえ。

梁川はじっと幹人の顔を注視し、それから目を逸《そ》らす。

「ほら、早く退勤処理しないとまた課長に怒られるぞ」

「ええ？　だって……」

ぽんと背中を叩いて急《せ》かされ、二人で荷物をまとめてＩＤカードで退勤処理を行った。困惑を抱えたまま、ともにエレベーターへ向かう。

無言で歩いていると、先に口を開いたのは梁川のほうだった。

「――まだ、記憶って混乱してるのか？」

先程からの幹人の言動に、思うところがあったのだろう、そんな問いを投げられる。

なんと言おうか迷って、幹人は項《うなじ》を掻いた。

「……あのさ、別世界にいるんじゃないかって思うくらい、記憶が書き換わることってあんのかな」

「え？」

どう説明したものか、思案する。

梁川は、またじいっと幹人の顔を見ていた。復帰してからというもの、気がつくと見つめられていることがある。昔からこうだっただろうか。

なにかを口に出すより先に、エレベーターのドアが開いた。

「それって、全生活史健忘っていうんだっけ？」

乗り込んでボタンを押しながら問う梁川に、幹人は首を捻る。

「うーん……でもそれって『忘れてる』ってことなんだよな、そうじゃなくてさ」

思い出せないのではなく、周囲が言うのとは違う記憶があるのだ。自分のはずなのに、自分ではない、という確信めいたものさえある。

「そうじゃなくて……ええと、なんか……そう、パラレルワールドにいるみたいな」

「パラレルワールド？」

鸚鵡《おうむ》返しに問われて、首肯《しゅこう》する。なんとなく表現した言葉だったが、それが一番しっくりきた。

「――目が覚めてからずっと、ここが現実の感じがしない」

ふむ、と梁川が顎《あご》を引く。

「そのパラレルワールド……いや、瀬上からしたらこっちがパラレルワールドなのか、瀬上の認識してる『現実』ってどんな感じなの」

まさか肯定的な言葉が返るとは思いもよらず、無意識に俯《うつむ》けていた顔を梁川へ向けた。

しかも、ちゃんと幹人の目線で会話をしてくれている。

馬鹿にされたり嗤《わら》われたりすると思ったわけではなかったけれど、梁川が真摯《しんし》に話を訊いてくれることに驚いてしまった。

「なに？」

「ううん」

そんな遣《や》り取《と》りをしていたら、エレベーターが一階に到着した。

なんとなく会話が途切れたままエントランスに出ると、梁川が「なあ」と声をあげる。

「せっかくの金曜だし、飯食って帰らねえ？」

「え」

「退院祝いに奢《おご》ってやるよ。どう？」

昔ならば「誰がお前なんかと」と思いながらも「用事があるから」と断っていただろう。けれど、目が覚めてから一番真剣に自分の話を聞いてくれる梁川と、もっと話したい。

「――うん！　行く！」

勢いよく頷いたら、梁川が破顔した。


週末とはいえ、幹人が病み上がりというのを踏まえて酒よりも食事にしようということになり、駅前のファミリーレストランに移動した。

子供や学生の姿も多く、騒がしい。けれど、そのほうが会話もしやすい気がした。

二十四時間営業のこの店には、まだ夜に食事をする元気があった頃お世話になっていたものだ。

注文を終えてから、すぐに梁川が「それで？」と切り出す。

「瀬上の『現実』の世界ってどういう感じなの？」

「現実の……あっちの世界、だとうちはブラック企業で」

大きな企業であることは変わらないが、かなりのブラックな体制だったことや、自分は営業部から品質保証部に一年も前に異動になったこと。その業務がブラック中のブラックだったこと。幹人は小児喘息を患っていたがとっくに寛解して元気なこと。そして、実際こちらの世界で退院してから喘息らしい症状もなく、全速力で走っても別に異常はないことなど、とにかく全体的にはほぼ同じだけれど、微妙に差異がある、という話をした。

「俺が意識を失ったときのシチュエーションだって違うんだ。品質保証部では始発で出社して終電で帰るような激務続きで、ここんとこずっと頭痛に悩んでた。倒れた日は特にひどくて、後ろからぶん殴られたのかなって思ったくらいやばくて」

無意識に後頭部を擦《さす》る。

今でも思い出せるくらい、味わったことのなかった痛みだ。痛み止めも何錠も飲んでいたのに、あまり意味がなかった。

「へえ。なんか、脳卒中みたいな症状だな」

「あー……言われてみればそうか。気ぃ失いそうになって、目が霞んできてさ、絶対死んだって思ったもんな」

だけど、目を開けたら「喘息の発作で倒れた」と言われたので驚いた。

「――お待たせいたしました〜！　ミックスグリルのお客様〜！　鉄板熱いのでお気をつけください」

テーブル横にやってきた店員の登場で、話が一旦《いったん》途切れる。店員は梁川の前に大きなハンバーグの載ったミックスグリルと大盛りご飯のセットを置いた。幹人の前にもネギトロ丼《どん》と蕎《そ》麦《ば》のセットが置かれる。

「すげえ食うじゃん」

「いや、お前に言われたくねえけど」

ハンバーグと揚《あ》げ物《もの》のセットに大盛りご飯をかっ喰らおうとしているやつにされる指摘じゃねえ、と思ったが、ふと、以前の「瀬上幹人」と比べたのか、と理解した。

どうやら、頻繁《ひんぱん》にではないにせよ、こちらの世界の幹人は梁川と幾度か食事に行っていたらしい。

「こっちの世界の俺は少食だったのかも知れないけど、全然普通に食うよ俺」

「そうみたいだな」

言いながら、梁川がおしぼりと箸《はし》を渡してくれた。ありがとうと礼を言って、互いにいただきますと手を合わせる。

「あのさ、こんだけしゃべっといてこんなの訊くのもなんなんだけど……俺の言ってること、嘘だと思わないのか？」

不意に訊ねると、梁川はじっと幹人の顔を見つめてくる。「嘘なのか？」と返されて慌てて首を振った。

梁川は整った顔に似合わず大きな口を開けてハンバーグを食《は》む。よく噛んで嚥下《えんげ》してから、嘘じゃないんだろ、と言った。

「まずもって嘘かどうかなんて、証明しようがねえしな。それに、瀬上が真実だって認識しているいることなら、それって俺とか他人が否定したってしょうがねえし。だって瀬上の中では本当のことなんだろ、それが」

意外な答えに、目を瞬く。

病院でそうだったように、「記憶が混乱している」と判断されるだけだと思っていた。実際のところ、胸の内ではどう思っているかは知れない。

けれど、表向きであろうと肯定されるのは、完全に想定外だ。

少々固まっていると、梁川はにっと笑う。

「それに俺、結構こういう話好きなんだよね」

「こういう話って？」

「パラレルワールドとかそういうの。魔法が使える世界とか、性別逆転してる世界とか、全員の性格が真逆になってる世界とかさ」

「は？」

冗談なのかと思ったがそういうわけでもなく、フォローしてくれているということでもないようで、梁川は彼が好きだというパラレルワールドが主題の漫画や小説の話をし始めておすすめしてくる。

「移動中とかの暇つぶしに読んだら面白くてさ。無料公開されてたりもするんだけど、もうだいぶ課金してるわ俺」

そこに他意は感じられず、そしてあまりに楽しそうなので、なんだか気が抜けてしまった。

「昨今の流行《はや》りでいうと、転生とかな」

「転生？　って輪廻《りんね》転生みたいな？」

投げかけた疑問に、梁川が渋い顔をする。

「あー、いや。そういうんじゃなくて、主人公が死んで、別の世界……さっき言ってたみたいな魔法が使える世界とかのキャラに生まれ変わったりするんだよ」

へえ、と相槌《あいづち》を打ってから、それでいうと自分は一度死んで、この世界の人間に生まれ変わったということになるのだろうか。

——なるほど、それはしっくりくるかも……？

荒唐無稽《こうとうむけい》さに苦笑しつつも、「じゃあ俺、前の世界で死んでこのホワイトな世界に転生したのかも」と言ったら、梁川は「飲み込み早いな」と笑った。

「てことは、ブラックな世界のほうは『前世』って感じか。医者の言う『記憶の混乱・妄想説』よりいいな」

「いいも悪いもねえよ」

急にファンタジーっぽくなった言い換えに思わず笑ってしまう。けれど、自分の言うことが否定されていないようで安堵した。

「ありがとな、梁川」

「前世」の自分では到底言えない真っ直《す》ぐな感謝が口から零《こぼ》れた。梁川はなにも言わず、目を細める。

「だって、もし瀬上が妄想をしゃべってるとしたら、変じゃねえ？　今いるこの世界が〝本当〟で、瀬上の前世と認識してる記憶が〝妄想〟だった場合な」

　なんだか頭がこんがらがってきそうだ。眉根を寄せて「どういうこと？」と返す。

「だって、ホワイトな世界で生きてたのにブラックなあの世界が現実だったんだー！　って妄想するか？」

　なるほど、一理ある、と納得する。

　だが認知症だと穏やかな人が攻撃的な性格になったり、やたらと悪い妄想ばかりするようになったりするケースもあるというので一概《いちがい》には言えないのだろうが、梁川の説にまた少し心が楽になった。

「まあ、裏を返せばこの世界は心身ともに疲れ果てたブラック社員のお前が見ている妄想って説になるけど」

「……それはそれで救いがないよな……」

　どちらに転んでも駄目じゃないかとどんよりして呟けば、梁川は勢いよく幹人の肩を叩いた。

「ま、そう気落ちすんなよ！　営業の基本は『前向き』だろ！」

「いって！　痛え！　お前力加減バカなの⁉」

　言い返した幹人に梁川が声を上げて笑う。つられて、幹人も頬を緩《ゆる》めた。

——何度も思うけど、ほんと、こいつと談笑するのって変な感じだ。

営業部は出社も帰社も時間帯がばらばらで、示し合わせなければ同僚と会うこともほとんどない。こうして同じ時間に帰るのは、研修中の頃くらいではないだろうか。

「そういや、そっちの——前世の世界の俺ってどんなだったの」

「えっ」

不意打ちの質問に、つい顔を引きつらせてしまう。優秀な営業マンである彼はそんな微妙な変化に気づいて「え、なに、俺やべえやつだった？」と訊いてきた。幹人はゆるく頭を振る。

「いや、全然やべえやつとかでは……なかった、かな」

「なんだよ歯切れ悪いな」

「んー……ていうか、俺とお前、全然仲良くなかったから」

言おうかどうしようか迷いながら答えると、梁川は目を丸くする。

「仲良くないって、別にこっちの世界でもめちゃくちゃ仲いいってわけじゃないぞ、こんな言い方したらアレだけど」

その割に、保原と見舞いに来てくれていたし、「不便だろうと思って」と入院に必要な便利グッズなどを持ってきてくれたりもした。倒れたときに居合わせたとは聞いているが、それにしても親切だ。

「そうなの？」

「ああ、他の同期と同じくらいで、たまーに飯食いに行ったり飲みに行ったり」

「いやそれじゅうぶん仲いいわ！」

前世では、同期同士で飲みに行くことなどなかった。保原とは比較的仲が良かったが、それ以外の営業部員とはほとんど会話もなかったし、別部署の同期とも仕事以外では話さない。それは幹人だけがというわけではなく、他の同期もそうだし、社風がそんな感じだった。

幹人の説明に梁川は顔を顰める。

「なんだその殺伐とした会社。ブラックでももうちょい横のつながりあるだろ。むしろ会社に不満があるほうが社員同士は愚痴り合いで結束《けっそく》するもんじゃねえの」

「少なくとも営業部員は全員敵って感じだったぞ、課長が営業部員同士を比較する人だし」

だから、こちらの世界の課長の善良さに驚いたのだ。善良なのは、会社全体がそうかもしれないが。

「それに、お前だって同僚になんて全然目もくれないタイプだったし」

梁川は前世でも有能で、いつも無表情でバリバリと仕事をこなすタイプだった。営業スマイルくらいは見たことがあるが、今のような屈託《くったく》のない笑顔はあまり見たことがない。

「そんで、三年目のときに海外に栄転になって」

「お、それじゃこっちの俺と同じだな。栄転っていうかテコ入れだったけど」

ふと苦悶《くもん》の中で縋るように握りつぶした社内報が脳裏を過《よぎ》る。

「……そうだ、思い出した。死ぬ直前にさ、梁川のこと社内報で見てたんだ。そこに海外で成功してインタビューされてる梁川がデカデカと載ってて」

「え、俺日本に戻ってねえの」

こくりと頷く。

「少なくとも、その中で次のプロジェクトの話してたから、しばらく戻るつもりはなかったと思う。それで――」

それで、自分はそんな彼に嫉妬《しっと》をして、ライバル視していた。だから実際「梁川」という人物の個人的なことはなにひとつ知らないのだ。だがさすがにそれを正直に言うのは憚《はばか》られた。

梁川はふうん、と思案するような表情になり「ま、わかるかも」と言う。

「え?」

「なんか、話聞いてるとお前の前世の世界だとうちの会社って同僚同士がギスギスしてるんだろ。仕事の内容もブラックっぽいし。もしそっちの俺が〝俺〟として性格が変わらないんだったら、そんな会社戻りたくなくてどうにか海外に残ろうと必死になるかもしれねえなって」

実際、目の前の梁川が提示された期日も二年だったらしい。それを、もうちょっと残れないかと打診を受けたそうだ。けれど、日本が好きだし、日本でやりたいこともあるからと二年で戻ってきたのだという。

「それに、あっちは事務員も含めてＤｏｍ《ドム》が多くてなー」

「……どむ？」

不意に差し込まれた単語の意味がわからず、首を傾げる。梁川はそうなんだよと苦笑した。

「勿論どんなダイナミクスが同僚でも構わないけど、やっぱり好みのＳｕｂ《サブ》がいたらいいなーとかちょっと期待するだろ？　別に職場で出会おうとか思ってたわけじゃねえけどさ」

——だいなみくす？

なにかの隠語だろうかと困惑しつつ、話の腰を折るのも憚られてなんとなく頷く。

「パートナーいないと、定期的に抑制剤も欲しくなるしな。Usual《ユージュアル》と違ってその辺ほんと不便だよなぁ」

曖昧に相槌を打ちながら、ふと視線を横にずらして、通路を挟《はさ》んだ隣のボックス席の二人組を見てぎょっとした。

「……っ⁉」

先程まで食事をしていた男性の二人組は、一方が着席しているのに、もう一方はその足元の床に座っていた。明らかに異様な行動に思わず梁川を見る。

だが彼はちらりと一瞥《いちべつ》したのみで、特になんの表情の変化もない。そしてよく見ると、女性を膝の上に乗せている男性や、何故か一方だけが立ったまま会話と食事を続けている二人組などがそこかしこにいた。

困惑しながら凝視《ぎょうし》し、彼らの共通点に気がつく。

——く、首輪してる……？

彼らのうち一方が、首になにかを巻いている。チョーカーのようなものも勿論あるのだが、犬用にしか見えないようなものを身につけている者さえいた。

ただのカップルの痴話喧嘩《ちわげんか》や、仲睦《なかむつ》まじくしている姿、というのとも違う。自身がSの気を自覚しているからこそ、衆目の中でSMじみたことをしている人々に戦《おのの》いた。

彼らだけでも異様なのだが、誰も、店員さえそれを気にした様子がない。一瞬そういう店に来てしまったのかと動揺したが、ここは子供も普通に食事をしている、見知ったファミリーレストランである。

硬直した幹人に気づき、梁川が「どうした？」と声をかけてきた。はっとして、幹人は店内に視線を向ける。

「な、なんか変じゃないか？　あの人たち」

「ん？　このグループの系列店は別にこの店だけじゃなくてその辺オッケーだろ」

——その辺ってどの辺⁉　子供も普通に来るファミレスでハプバー的なことがオッケーなのこの世界⁉

返す言葉が声にならず絶句した幹人に、「会長が変わってから方針変わったんだよな。多様性っていうか」と笑う。だから一体それはなんの方針なのか。

固まっていると、察しの悪くない男は幹人の異変に気づく。

「なに、どうかした？」

声を潜《ひそ》めて訊ねられ、幹人は思わずテーブルの上に顔を寄せる。

「……なあこの世界ってＳＭプレイを公衆の面前で晒《さら》してもいい世界なわけ？」

「はあ？　お前、なにUsual みたいなこと言ってんだよ。ＳＭとＤｏｍとＳｕｂは別物……」

そう言いかけて、梁川はなにかに気づいたように口を閉じる。やはり察しがいい。

「……もしかして、瀬上の前の世界ってダイナミクスって概念ない？」

「ダイナミクスがなにかもわからん……」

こちらの世界ではよっぽど常識的なことなのだろう、梁川は心底驚いた顔した。

「なんか、今改めて瀬上が別の世界の常識を持ってんだって思ったわ」


土曜日に、主治医のところへ行って第二の性と呼ばれる「ダイナミクス」の知識がまったくない、ということを言ったらとてつもなく驚かれた。

普通、記憶喪失になるときには「ここはどこ、私は誰？」となったとしても社会的な常識は残っていることのほうが多いという。名前や場所どころか、しゃべり方、歩き方、食事の仕方もすべて忘れるような場合もあるそうなのだが、一般的な特定の知識だけがごっそり抜け落ちるというのは珍しいそうだ。

まあこんなこともあるでしょう、逆行性健忘の一種ですね、と言われ、はあそうですか、と返し、小中学生が保健体育で習うときにも使うというリーフレットをもらった。念の為ダイナミクスの検査をすることになり、結果が出た際に、希望があれば詳《くわ》しく説明してくれるとのことだ。

もらった冊子はそんなに厚いものではなかったが、理解するのに、貴重な土日を費やしても足りなかった。

週明け、朝礼のあとに、心配してくれていたらしい梁川《やながわ》がどうだったと声をかけてくれた。色々話したいことがあるので、今度は幹人《みきと》のほうから「週末に飲みに行こう、そのときに色々話すわ」と誘ったのだ。

迎えた金曜日、双方営業先からの直帰予定だったので出先から前回のファミリーレストランと同じ系列の居酒屋チェーンに集合し、向かい合って座っている。

取り敢えずで頼んだビールの到着とともに乾杯をし、互いに三口くらいを飲んだところで梁川が「で?」と切り出してきた。

「理解できたか? 『ダイナミクス』について」

幹人は小さく呻き、テーブルに突っ伏す。

「わからん……」

テーブルの上に叩きつけるようにリーフレットを置くと、梁川はそれを手にとってぺらぺらと捲った。

この一週間、毎日暇さえあれば目を通していたのだが、理解の範疇《はんちゅう》を超えている。

「いや、内容としてはなんとなく理解したけど、なにこの設定……」

「設定じゃねえよ」

ヒト科の生物には、男女の別の他に「ダイナミクス」と呼ばれる第二の性が存在する。

ひとつは「Ｄｏｍ《ドム》」。Ｓｕｂ《サブ》に対する支配欲求があり、Ｓｕｂからの信頼を得て、庇護《ひご》をする性である。欲求の強さの度合いや種類は人それぞれに異なり、ひたすら愛《め》でて褒《ほ》めて甘やかしたい、という者もいれば、躾《しつ》けたい、相手に傷を付けない程度の擬似的《ぎじてき》暴力を与えたい、という者や、相手を拘束《こうそく》し支配したい、服従させたい、相手の体に所有印のように明確な傷を付けたい、という者まで様々だという。

もう一方、その対《つい》となる性は「Ｓｕｂ」と呼ばれる。ＳｕｂはＤｏｍからの支配や庇護を望み、信頼とともに己を委《ゆだ》ねる性だ。こちらの欲求はやはりＤｏｍと対《つい》を成《な》し、愛でられたい、褒められたい、甘やかされたい。或いは躾けられたい、傷つけられたいなど、やはり個々人により異なる。

そして世の人口の八割をしめるのが「Usual《ユージュアル》」。「第二の性を持たない」というのが本来は正確だが、便宜上《べんぎじょう》、例えば書類上の表記はUsualという性となる。

更に、ＤｏｍとＳｕｂのどちらの性も持ち、切り替えが可能なSwitch《スウィッチ》。Switchはℹ︎Ｄｏｍと
Ｓｕｂのうち、一パーセント程度存在する珍しい性だという。ただ切り替えられること以外は
ＤｏｍやＳｕｂと同じだそうだ。

「まあ、納得できなくても理解しないと始まらないし……」

ビールと同時に運ばれてきた枝豆を、幹人はちびちびと摘《つま》む。

「それでな、梁川。俺はこの問題について、血液型でいうところのＡＢＯ式で解釈したわけよ」

「……うん？　なんて？」

今しがた運ばれてきたばかりの山盛りのシーザーサラダを取り分けてくれながら、梁川が怪訝な顔をする。

渡された皿を受け取って礼を言い、鼻息荒く答えた。

「赤血球にA抗原《こうげん》があるとA型、B抗原があるとB型、両抗原がないとO型、AとB両方の抗原があるとAB型だろ。A型がＤｏｍで、B型がＳｕｂとしたら、O型がUsualで、AB型がSwitch！」

「いや普通に覚えたほうが早くねえかそれ。別にA型とB型って対じゃねえしな」

冷静な返しに「ええ～……」と不満げな声を上げたら、笑われてしまった。結構真剣に考えて、これはいい覚え方ではと自信満々だったのに。

「身近な話に落とし込んだほうが相関を理解しやすいと思ったんだよ。それはさておき、DomとSubのコミュニケーションのツールは〝コマンド〟っていうんだろ」

SMとの差異を感じたのは、「コマンド」というDomからSubへの命令や指示で、Domからそれを使われると、Subは半ば本能的に従うことになる。それを「プレイ」と呼ぶのだ。

コマンドも色々種類があって全文読むのは諦めたが、例えば『お座り』『来い』『待て』『取ってこい』などがあるという。

幹人は眉根を寄せる。

「なんかこれが飲み込みにくいっていうか……完全に犬だろこれ」

DomとSubでパートナー関係が結ばれると、例えば夫婦の結婚指輪のように、Domにはブレスレットやリストバンド、Subにはカラーと呼ばれる首輪を与え合うという慣習があるという。

勿論これらは結婚指輪をしない既婚者もいるように、全員がつけるものではないそうだ。

「うち、実家で犬飼ってるから、〝カラー〟っていうと愛犬にするものってイメージ強くて抵抗あるわ」

「……ま、そう言って嫌う人は、当事者にもいるからな」

「そうなんだ？」

一方で、ＳＭと同様に「セーフワード」というものもある。意味もほぼ同じで、プレイ中に本気で中断してほしい、という場合に発するワードのことだ。

「痛い」「いや」「やめろ」などはプレイ中に気分を盛り上げるために使われることもある言葉なので、状況にそぐわない、あまり関係性のない単語を使うのが一般的とされる。

そんな会話をしているうちに、頼んだものが次々と運ばれてきた。

唐揚げにだし巻きたまご、刺身盛り合わせ、揚げ出し豆腐に、ほっけの塩焼き。しばし会話より食事に向かう。とにかく、久しぶりに業務以外のことで頭を使ったからか、やけに腹が減っていた。

食事をしながら幹人のもらった冊子をぺらぺらと捲ってななめ読みしていた梁川が「これ完全に子供向けだな」と言った。

「そうなの？　俺まだこのリーフレット読んだだけなんだけど、他にもなにかあるんだ？」

言われてみれば、これは子供向けなのであとで改めて検索してみて欲しいと医者が進言してくれていたような気もする。

「なにそれ？」

「そう。ケアとかサブドロップのことが書いてない」

「〝ケア〟は、Ｓｕｂを褒めたり撫《な》でたりすること。〝アフターケア〟はお仕置きとか躾《しつけ》とか、ちょっと厳《きび》し目のプレイをしたときのケアのこと」

「ふーん」

やっぱりペットとの遣り取りっぽいしSMっぽいなあ、と思いながら頷く。

「〝サブドロップ〟ってのは、DomとSubの信頼関係が揺らいだときとか、あとは〝アフターケア〟をせずに放置するとSubが陥《おちい》る状態のことだな。他には、あんまりよくない例だけど、パートナー以外のDomに危害を加えられそうになったときとかにもなる」

「ふーん。で、その〝サブドロップ〟になると、どうなんの？」

「恐怖で身動きが取れなくなったり、心神喪失状態になったり、最悪の場合は死ぬ」

「なにそれこっわ!!」

オチの怖さに素直に反応すれば、梁川は小さく吹き出した。

冗談なのか、と睨めばそうでもないようで、やっぱり恐ろしくなる。

「じゃあDomは気をつけないとだよなあ」

SMにおいてSはサービスのSという言葉もあるが、Domも多くの場合はそうなのかもしれない。相手のためにケアをして、慈《いつく》しむのだ。

ふむふむと納得していたら、梁川が「お前さ」と問いかけてくる。

「ん？」

梁川は口を中途半端に開いたままでこちらを注視し、一旦閉じた。それから、改めて口を開く。

「……いや、なんで気づかなかったんだろうなって思ってさ。テレビやらネットやらでもダイナミクスの話って結構出てただろ？　抑制剤《よくせいざい》のＣＭだってバンバンやってるし」

そう言われてみれば、ああ、あの広告が抑制剤のものだったのか、というのに思い至った。

「でもさー、広告なんてだいたい流し見じゃない？　俺いちいち考えて見てないもん」

ネットの広告は邪魔だなあと思うだけで内容なんて目に入らないし、電車内の広告や駅通路の広告も視界に映《うつ》るが熟読したことはない。

そもそも日本のテレビコマーシャルは一体なにを宣伝しているのかわからないものだって多いし、例えば女性のための商品など、自分に関わらない製品の広告は基本的に頭にとどまらない。

「目では見てるけど、頭では認識してないっていうか」

幹人の返しに、まあなあ、と梁川が渋面を作る。

「わからんではないか。印象的なフレーズだけ覚えてて、あれってあの商品のＣＭだったのか、ってあとから知ることだってあるしな……」

「そうそう、そういうこと」

否定的なことを言わずに頷いてくれる梁川に、いいやつだなあ、と改めて噛み締めた。

あちらの世界の梁川もそういう男だったかもしれない。もう今更だが、己の心の狭《せま》さに改めてがっかりする。

はあ、と溜息を吐いたら、梁川が「おつかれ」と苦笑した。ダイナミクスの話で疲弊したから、というわけではなかったが、この自己嫌悪を説明するわけにもいかなくて言い訳しなかった。

「つまり、瀬上《せのうえ》の前世の世界ってのはUsualしかいない世界ってことなんだよな」

「そーなるね」

性別は、生物学上はほぼ「男女」の別しかない。

「なあ、同性同士って子供できる？」

幹人がふと思い立ってそんな質問を投げると、梁川はぱちぱちと目を瞬いた。

「できねえよ。なに、前世の世界は同性同士でも子作りできんの」

「いや、できねえ」

「じゃあこっちだってできねえよ」

じゃあ、と言われても男女の別を問わず対になるダイナミクスという「第二の性」があるなら、「前世」よりは可能性がありそうなものだ。

「ふうん。そういうの踏まえて、俺の感覚からすると、ダイナミクスってSMなんだよなー、ただの」

嘆息まじりに呟けば、梁川はそれを聞き咎《とが》めて眉を顰めた。

「いや、それたまにUsualで誤解してるやつもいるけど、全然違うからな？」

「……そうなの？」

むしろこちらの世界に「ＳＭ」という概念があることに驚いた。しかし翻《ひるがえ》ってみれば、それはダイナミクスにおけるＤｏｍとＳｕｂの関係性が、明確にサディズムとマゾヒズムのような性的嗜好《しこう》とは別の概念・欲求である、ということを示しているとも言える。

「ほとんど変わんないやつもいるかもしれないけど、ＤｏｍもＳｕｂも多種多様。Ｄｏｍだからって、全員が凶暴なやべーやつってわけじゃないし、Ｓｕｂが全員虐《いじ》められて悦《よろこ》ぶわけじゃない」

「ふーん……」

例えば、と言って、梁川はテーブル中央に置かれた唐揚《からあ》げにフォークを刺した。それを幹人の口元に運ぶ。

「はいあーん」

「あ？」

突然なんだと疑問を抱きつつ、差し出された唐揚げにぱくっと食いつく。自分からやったくせに、梁川は何故か困惑気味の顔になった。

「うまいか？」

「うん」

「……みたいなやりとりで満足できるＤｏｍもいたりする」

「へー」

もぐもぐと咀嚼《そしゃく》しつつ、餌付《えづ》けみたいなもんか、唐揚げうまいなあ、などと考える。

「そのリーフレットにも書いてあるだろ。隅々までよく読め」

確かにSMとは違う部分もあるようだ。

性的嗜好と大きく異なる部分は、「パートナーがおらず〝プレイ〟が定期的に行われない場合、自律神経が著《いちじる》しく乱れる」という点だろう。

具体的にいうと、動悸《どうき》や過呼吸、立ちくらみ、拒食、腹痛、などの肉体的な症状や、睡眠障害や感情コントロールの低下や抑《よく》うつ、構音障害などが起きる。

そのため、内分泌《ないぶんぴつ》科の医師や専門のカウンセラーがケアにあたるそうだ。

「これってさっき言ってた〝サブドロップ〟？」

「そう」

つまり、DomとSubの間で行われるコミュニケーション――プレイは、睡眠や食事のように、健康維持に直結している本能的なものだということだ。

パートナーなしでも駄目、DomとSubの相性が悪くても駄目。そしてその健康被害を避けるために、「抑制剤」が存在するのだという。

「じゃあ裏を返せば抑制剤飲んでれば、〝プレイ〟をしなくてもいいってこと？」

浮かんだ疑問に、梁川は難しげな顔をして腕を組んだ。

「まあそうだけど、抑制剤って合う合わないがあるぞ。合えば勿論服用すればいいけど……あとは通院して、病院で簡易のケアを受けることかな。なんにせよ、パートナーとのプレイが一番安全で確実ではある」

「そうなのか。でもそっか、薬飲み続けるの大変だもんな、耐性もできるし」

「とにかく、性的嗜好と違って、もっと健康に直結してる避けられないものって認識しとけば間違いないから」

「はーいわかりましたぁ」

生徒のように応答すると、梁川が笑う。

――でもそういうことを、こっちの世界で生まれ育っている人でも誤解してる、っていうのが、なんか面白いな。

それはつまり、Usual の人にはまったく異なる生活観や価値観がある、ということなのだろう。

――自分の世界で置き換えて考えてみると……うーん、俺たちが女の人の月経を明確にわかってない、みたいなもんか。

毎月それがある、ということは知っているが、具体的な体感はよくわからない。

そういえば、妊娠している奥さんに「病気じゃないんだから甘えるなよ」と言って離婚騒動にまで発展した同僚がいたなあ、と思い返した。

——それにしても。

梁川という男は、親切なことこの上ない。

記憶喪失状態で、別の世界から来た、と本気で思っている同僚の話を真面目に聞いてくれるし、この世界では常識的である話を、懇切《こんせつ》丁寧にしてくれる。

「そういえばさ」

「なに」

「梁川ってダイナミクスなに？」

梁川に、「パートナー」はいるんだろうか。

そんな疑問を直接投げようとして、直前で方向転換した。

どうして、直接投げかけなかったのか、自分でもよくわからず、内心動揺する。

一方の梁川は、まるでまずいものを無理矢理口の中にねじ込まれたような顔をしていた。美形が台無しである。

彼はふっと顔をイケメンに戻すと、アンニュイな表情を浮かべた。

「……あのな、俺は隠してないからいいけど、そういうのは普通おおっぴらに訊くもんじゃねえの」

教えてくれなかった梁川に、自分でもなんとも言い難《がた》い気持ちになった。

「あっ、そうなんだごめん。だってここに〝色々なダイナミクスがあるので、差別的な呼び方をしたり態度を示したりせず、仲良くしましょう〟的なこと書いてあるから」

ああ？　と少々柄の悪い声を上げて梁川が手元を覗き込む。

「……〝他人と自分を否定しないように〟を〝仲良くしましょう〟はちょっと意訳がすぎる」

「それもそうか」

――でも、考えてみれば前の世界だって、自分の性自認とか性嗜好をべらべらしゃべるやつってあんまいないもんな。いなくはないけど、確かにおおっぴらにするもんじゃなかった。

はー、と梁川は仰々《ぎょうぎょう》しく溜息を吐いた。

「言う人もいるけど、あまり言わないやつのほうが多い。特にＳｕｂは」

「……そうなんだ。なんで？」

ということは、梁川はＳｕｂなんだろうか。

「危険なこともあるからだよ、血の気の多いＤｏｍもいるし。あと、昔はＳｕｂを被支配層みたいに扱う連中もいたからな。そういう価値観が俺ら世代で一掃《いっそう》されてるかっていうと、そうでもない」

「……そっか」

確かに、リーフレットにも「ダイナミクスに優劣《ゆうれつ》の差はない」などと書かれていた。けれど翻って言えば、そういう差別意識が存在する、という証左でもあるのかもしれない。

梁川はじっとこちらを見て、再び息を吐いた。

「前も言ったけど、俺はＤｏｍだよ。営業部はＤｏｍが多い、とだけは言っておく」

そう言われてみれば、そもそもダイナミクスの話になったときに、彼はＤｏｍだと言っていたかもしれない。

「……ふーん、そうなんだ。営業ってサービス精神必須だもんな、確かにＤｏｍが向いてるのかも」

滅私《めっし》奉公状態になることもある営業職だが、面倒見が良いタイプに向いてそうな気もするので、納得した。

「……具体的に言わなくていいけど、瀬上こそ、自分のダイナミクスがなにか知ってるのか？」

知っているかそうでないかだけで具体的にダイナミクスを答える必要はないからな、としつこく念押しされての質問に、曖昧に首を傾げる。

「んー、それが、一応改めて検査してみるかってことになって、いま結果待ち」

返答に、梁川は拍子抜けした顔をした。

「……ああ、そう」

「うん、なんか検査して結果見ながら具体的に説明されたほうがわかりやすいでしょって。記憶がごっそり抜けたってことになってるから」

それで予備知識として先にざっくり入れておくようにと渡されたのが、曰《いわ》く子供向けのリーフレットだ。

「まあでもＤｏｍかなって気がしてる」

「……なんで」

なんで。

その言葉を反芻《はんすう》し、先程「梁川のダイナミクスはなにかな」と思ったときの気持ちが蘇る。

実際にはＤｏｍだったわけだが、Ｓｕｂなのかな、と思ったから、じゃあその対ならいいな、と思ったのかもしれない。

なんで？

今度は自問として返った言葉に、心臓が跳ねた。

――あれ……？

「瀬上？」

首を傾げた梁川に、また胸が大きく跳ねる。

――いや……いやいや、待って。全然俺の好みじゃないって、梁川。真反対だって。

幹人の好みは、小柄で華奢で、可愛いタイプだ。梁川のように、長身で胸板が厚くて、精悍《せいかん》な顔立ちの男ではない。

けれどいやいや違う、と否定すればするほど心臓の音が大きくなっているような気がする。

怪訝そうな梁川に無言を貫《つらぬ》くわけにもいかず、とにかくなにか言わねばと口を開いた。

「俺、ＳかＭかで言ったらＳだから」

同僚相手に言っていいものかどうか一瞬考えたが、嘘でもないのでそんな話をする。

幹人のカミングアウトに、梁川がぐふっと噎《む》せた。思わぬ反応に笑うと、少々睨まれる。

「お前なあ」

「あと、俺、バイでタチ専だから」

なんだかもうちょっと動揺させてみたくて、もののついでにカミングアウトを重ねると、梁川は今度は目を瞠《みは》って固まった。

そこまで暴露《ばくろ》する必要はなかったかもしれないが、この世界では第二の性の特性上、現在は同性カップルにも偏見《へんけん》が薄く、同性婚も認められているので、恐らく話しても問題はないだろう。

硬直を解いた梁川が、大きく嘆息した。

「……そういうこと、あんま言うなよ。『前世』ではどうか知らねえけど」

あれ、駄目だったか？　と少々戸惑う。

「いや、前世でもこういうのはあんまり……それこそ、ダイナミクスをカミングアウトするかどうかと同じ割合くらいなんじゃねえかな。俺も同僚とか友達に言ったことはねえし」

正直に言えば、梁川はますます困惑の色を深めた。

「じゃあなんでそんな大事なことをこんなところでつるっと言ってんだ」

呆《あき》れと若干《じゃっかん》の苛立ち紛《まぎ》れの問いに、「だって」と言ったきり口を閉じる。

学生の頃はそれなりに派手に遊んだけれど、誰彼構わずカミングアウトしたりはしなかった。就職してからは、社内でプライベートの付き合いのあるものにも言ったことがない。保原《ほばら》にさえもだ。

「……だって、梁川になら話してもいいかなって思って」

パートナーの可能性があったらいいな、と思ったくらいだった。

連日同じ部署で働き、梁川は色々と幹人のことを気遣ってくれている。それは保原も同様なのだが、彼よりも成績に余裕があるからだろうか、梁川はやけに声をかけてくれていた。

「話をしていてもほっとするし、なにより、俺の言うことを否定せずに受け止めてくれるし」

実際、梁川の本心がどうかなんてことはわかりようもないが、少なくとも、真剣に会話をしてくれている。

自分が、自覚していた以上に梁川に心を許しているのを、話しながら実感した。

「だから、いいかなって」

幹人の答えに、梁川はぽかんと口を開けて、テーブルにつっぷした。がしがしと頭を掻いて、もう一度、深い溜息を吐いた。

「……お前、絶対生まれ変わってるわ」

「えっ、なんで」

もそもそと呟いた梁川に、思わず身を乗り出して問い返す。

「急に警戒心ゆるゆるでそんなこと言う男じゃなかった……信用してくれんのはありがたいけど、あんまあちこちで言うなよ」

「言わないって。こういうところで、梁川にだから言ったんだよ」

一応本心から言っているのに、梁川は「あっそ」とそっけなく言って身を起こし、ジョッキを手にとった。

そして口をつけてから空《から》になっていたことに気づいたようで、追加オーダーをする。

「とはいえ、俺の自己判断でＤｏｍって思ってるけど、ほんとのとこはまだわかんない。運転免許証とかを見てみたんだけど、そもそも免許証には性別欄がなかった」

ダイナミクスどころか、男女の記載もない。へえ、と梁川も意外そうな顔をする。

「そういえばそうか。なんか性別書いてあるような気がしてたわ」

「だよな～。──あっ！」

不意に大声を上げた幹人に、梁川がびくっと肩を強張《こわば》らせる。

「なんだよ」

「保険証！　保険証なら書いてあるんじゃね？」

確か財布に入れていたはず、と鞄を探る。

「いやお前、一人のときに確認しろよ。俺がいるときに見るな！」

「だって気になるし。別にいいだろ、見るくらい。お前には見えないようにするって」

そういう問題じゃねえ、とぼやく梁川を無視して、財布を取り出す。保険証をじっくりみたことはあまりないのだが、性別欄が「第一」「第二」に分けられていた。

——「Switch」。

先程梁川に宣言したとおり、自分は一応、性格的に「S」だと認識していたし、セックスのときももっぱらタチだったので、どこかで「Dom」だろうなと確信めいた気持ちでいた。

半分正解だ。希少な性別ってやつだ、とも思う。

対面の梁川を見たら、視線が合った。ほんの少し狼狽《ろうばい》した表情になった梁川が「言わなくていいからな」と念を押してくる。

全然興味がないんだな、と思うと幹人はがっかりした。

「——じゃあ今日の会議終わり。今日も一日頑張りましょう」

週が明けて月曜日、課長は手元にあるタイマーを止めて、議題をまとめて朝会議を切り上げた。

お疲れさまです、と声を掛け合って、営業部員たちは各自の仕事に戻る。席を立って営業先へ出かけるものもいれば、そのままデスクでの仕事を続行するものもいた。

驚いたことに、こちらの世界では営業会議が「必要に応じて」行われるため、前世のように「慣例だから」と毎日のように集まる必要がない。けれど回数が少ないからといって情報共有等ができていないかというとそうではなかった。

――これなら、前世のときより引き継ぎはスムーズかも。

会議の内容もまったく異なっており、前世では営業部員個々人が業務の進捗状況を一人ずつ報告し、配布された紙の資料の読み合わせを行うのが「営業会議」であったが、今はそれらの報告はクラウド型の営業管理ツールで共有されている。つまり、自分の予定を読み上げるだけの営業会議は行われない。

――こんな会議、したことなかったな。

こちらでの会議は、新たな提案や今抱えている課題を解決するための「ネタ出し会」だ。上下関係の別なく、どんなくだらないことでも思いついたらどんどん言っていく。

だがそれも希望者がいないときや、不要と判断された場合はやらない。

なによりも驚いたことに課長が会議慣れしていて、この手の会議に初めて参加した幹人《みきと》にさえもわかりやすく仕切っていた。手元にあるタイマーは、時間をだらだら使わないよう、明確に区切るために用意しているらしい。改めて、別人のようだと思わされる。

「なー、瀬上《せのうえ》。ちょっといい？」

同期の日和田《ひわだ》に声をかけられ、手元に落としていた目線を上げる。

「うん、なに」

「ここ三年くらい、マイナさんとこの冷感素材ってどんくらい出たっけ？　資料どの辺にある？」

マイナは衣料品の製造小売業者の大手企業だ。多数のグループ会社があるものの、日和田はそのどれもが担当職域ではない。

「あー、じゃあクラウドにあげとくわ」

「おう。ありがとなー」

そんな遣り取りをしてから、ふと日和田を見る。視線が合って、どちらからともなく笑った。

――うーん……。日和田に限らず、気のせいじゃなきゃもう勘のいいやつには薄々異動のこと気づかれてるっぽいんだよな。

課長からの進言もあり、今は引き継ぎ書類の作成や、残った案件へ注力しており、新規開拓の営業をかけていない。

――とは言っても、既存の営業先と普通に仕事してるから外には出てるのにな。結構気づかれるもんだなあ。

他社の傾向を摑んで参考にすることはままあるので、先程の日和田のような問いはおかしいことではない。それでも、先輩後輩も含めて、さりげなく持っている案件の進行を探られている。

営業部は普段、事務員以外はほとんど出払うので、他の営業部員の動向はあまり見えないはずなのだがその察しのよさが部員全員、遺憾《いかん》なく発揮《はっき》されている気がする。日和田のようにさりげなく顧客の情報を訊いてくる者がやたらと増えた。

――公示もまだなのに公然の秘密みてえになってる……。

もういっそ開き直って引き継ぎを始めたほうがよいのではないか。

「なあ、瀬上」

今度は誰だ、と思いながら振り返ると、梁川《やながわ》が立っている。少々身構えつつ、なに、と返した。

「今日飯食って帰らないか」

想定と違う話題を振られたことに気が抜ける。

先週、自分の発言のせいでなんだか変な空気になってしまったが、変わらぬ態度の梁川にほっとした。

「昼飯も食ってねえのにもう夕飯の話かよ。……でもいいね。俺、今日は焼き鳥の気分」

「了解。週末でもないし、予約しなくてもいけるかな」

一応予約しとくわ、という梁川に、よろしくと返す。そんな遣り取りをしていたら、保原《ほばら》が梁川の背後からひょこっと顔を出した。

「なんだよ、二人だけで仲良くして〜。寂しいじゃん」

保原が不満げに言うのに、幹人と梁川は顔を見合わせて笑った。

実際、退院してからまだ一ヵ月と経過していないが、梁川とはもう何度も食事に行ったり飲みに行ったりしている。

——俺の話を信じてくれるし……やっぱり、一緒にいて楽しいし、楽なんだよなぁ。

ちょっと振られたような気分に勝手になっていたけれど、やっぱり梁川といるのは心地がいい。

幹人も飲み会などのセッティングが苦手というわけではないのだが、梁川が先回りして色々としてくれるので、任せてしまっている。

「じゃあ今日、保原も来る？」

そう誘うと、保原は眉尻を下げた。

「俺さっき、アポ取っちゃった……」

「そりゃ残念」

ちっとも残念そうではない、揶揄う梁川の声に、保原が不満げに唇を尖らせる。

保原はぽんと幹人の肩を叩いた。

「次は絶対、俺とも行こうな！　じゃ、俺今からお客さんとこだから！」

「おー、気をつけてな」

じゃーね、と手を振って、保原がそのままエレベーターのほうへと向かう。その手首に、腕時計ではない革製のベルトが巻かれているのが見えた。

――あれって、Ｄｏｍがつけるってやつだよな……？

梁川に色々と教えてもらい、意識して見てみると、営業部員の約半数が手首にリストバンドをつけていることに気がついた。営業や接客業などには虫よけにダミーをつけることもあるといい、そういうところも結婚指輪の概念と少し似ている。

以前梁川に「大っぴらに訊くもんじゃない」と言われたが、確かに性別にせよ、未婚か既婚かにせよ、本人が公言していないことを訊いたりはしないのが普通だ。

――保原もかぁ……梁川が営業部はほとんどがＤｏｍ《ドム》、って言ってたけど本当だったんだな。

リストバンドをつけていない者には、ＤｏｍもＳｕｂ《サブ》もいるかもしれないし、Usual《ユージュアル》もいるかもしれない。けれど、営業部員のほとんどがＤｏｍの中で、Switchである「瀬上幹人」はどう思っていたのだろう。

――でもＳｕｂでもあるしＤｏｍでもあるから、あんま気にしてなかったとかなのかな。

……そもそも、どう振る舞ってたんだろう。

日記代わりの手帳には、特にそのあたりの心情は書かれていなかった。一応ＳＮＳもチェックしたが、そちらの使い方も自分と同じで、あまり更新した様子もなく恋人がいたかどうかもわからない。

こちらの「瀬上幹人」は、自分と同様適当に遊んでいたのか、それとも完全に独り身だったのか。家の中を探しても、カラーもリストバンドもなかった。

「どうしたんだよ、保原のことじっと見て」

「え？」

梁川に話しかけられて、はっとする。ぼんやりしすぎて、保原の背中を見つめたままだった。

「……保原になにか用事？」

「ううん。全然関係ないこと思い出してぼーっとしてた」

正直に言うと、梁川はなんだそれと笑った。そんな梁川の手首にも首にも、なにもついていない。

「そうだ、ものついでに。これ、よかったらやるよ」

「なに？」

手を目の前に差し出されたので反射的に掌《てのひら》を差し出す。その上に、ぱらぱらと個包装のチョコレートが落ちてきた。

「なんで？」

「営業先でもらったんだよ。俺あんまチョコレート得意じゃないから。嫌いじゃなければ」

「嫌いじゃない。好き！」

笑って礼を言うと、梁川は「……おー」と鈍《にぶ》く返事をして若干目を逸らした。

チョコレートは大好きだし、前世でも仕事で忙しすぎるときにはお世話になっていた。低血糖を起こしそうになったときや、空腹を紛らわすのにも重宝する。

——でも……なんか、もったいないかも。

希少なチョコレートではない、普通にスーパーやコンビニで買える商品だ。だけど、梁川がくれたと思うと、大事に食べたくなった。

……うーん……認めたくない。認めたくない、けど。

相変わらず容姿はまったく好みではないが、自分の心が確実に梁川に傾いていることを、先週からじわじわと自覚していた。

デスクの引き出しに半分、もう半分を鞄の中に入れようと、ビジネスバッグを手にとる。開いてみて、手帳や財布とともに入れられた封筒が目に入った。

——あ、そういえば。

朝、家を出るときになにげなくマンションのエントランス内の郵便受けを覗いたら、一通の封書が届いていた。あとで見ようと鞄の中にしまったそれは、先日受けたダイナミクスの検査結果である。

保険証に「Switch」と書いてあったのを既に見ていたので、検査結果をまだ受け取っていなかったこと自体を半《なか》ば忘れかけていた。

封筒を取り出して開封のためにカッターを取ると、梁川が「なにそれ」と訊いてくる。

「こないだダイナミクスの検査したって言っただろ、その結果が来てたんだよ」

「は？　いや、お前こんなところで開けるなよ」

小声で咎《とが》める梁川に、平気平気、と答える。

——保険証に「Switch」って書いてあったし、見るまでもないけど一応見ときたいだけだしなー。

カッターナイフでさっと開封して中身を検《あらた》める。

『ダイナミクス検査結果報告書』と冠された書類には、日付や幹人の名前、第一の性別、検査機関や担当医の名前などが書いてある。そこをさらりと流し読みして、すぐに結果欄を見た。

「……え？」

性別、Ｓｕｂ。

端的に書かれたその文字列に、目を瞬く。

「……なあ梁川」

「なんだよ」

健康保険証の記載が間違っているなんていうことが、ありえるのだろうか。第一の性別と違って、外性器のようにわかりやすい判断材料がないから、こういうことがあってもおかしくはないのか。

そのとき、幹人は単純にそんな疑問を抱いた。

だから、いつも気安く質問をする対象だった梁川が近くにいたので、訊いてしまった。

「性別が……ダイナミクスが途中で変わることってあんの？」

「……は？」

「保険証には『Switch』ってあったのに、検査結果が『Ｓｕｂ』になってる」

ぽろりと訊ねた疑問に、梁川が息を飲んだ気配がした。それと同時に、オフィス内がしんと静まり返る。

「なあ、梁――」

顔を上げるより早く、梁川に腕を掴まれた。強引に腕を引っ張られて、よろめくように椅子から立ち上がる。

「な、なに……」

梁川は無言のまま、幹人の腕を引いて営業部のオフィスを出る。わけもわからないまま、幹人はそのあとを引きずられるようにして追いかけた。

「おい、梁川……っ」

どこまで行くんだと咎めようとしたら、小会議室に押し込まれる。突き飛ばされるようにして中に入ると、梁川が鍵《かぎ》を閉めた。

彼は振り返り、幹人を睨みつける。

「――お前は馬鹿なのか⁉」

「……っ」

耳鳴りがするくらいの大声で怒鳴られ、幹人は息を飲んだ。体が金縛《かなしば》りにあったように硬直し、上手く呼吸ができなくなる。気がついたら、床にへたり込んでいた。

相手は梁川なのに、ただ叱責《しっせき》されただけのはずなのに、体が震える。

情けなくも声もなく固まる幹人に気づいたようで、梁川はふとばつの悪そうな顔になった。

梁川は小さく舌打ちをし、床に座ったままの幹人に歩み寄ってくる。

身構えた幹人の頭の上に、彼の大きな掌が優しく置かれた。その手は撫でるようにしながら頬へと移動し、幹人の小さい顎をとらえる。微《かす》かに上向かされるように持ち上げられた。

「すまん、つい」

なにが「つい」なのかと思いつつ、表情はまだ険《けわ》しいながらもいつもの梁川に戻ったようでほっとする。強張っていた体から、ほんの少し力が抜けた。

梁川はそんな幹人の顔を見て少々安堵したように息を吐き、もう一度舌打ちをする。

「……あんなところでダイナミクスの話をするなんてどういうつもりだよ。不用心なんて生易《なまやさ》しいレベルじゃねえぞ」

「だって、……いや、つい。隣に梁川がいて、なんかいつもの感じで、油断した」

正直に告白すれば、梁川は眉を顰める。

「うちは一応ホワイト企業だけどな、営業部なんて血の気の多いＤｏｍだらけだ。そんな中で自分がＳｕｂだと公言するなんて自殺行為だぞ、わかってんのか」

「……だからそれは、油断して」

「俺、前に言ったよな。言わなくていいって。居酒屋で俺に言うより、大勢のＤｏｍがいるオフィスで言うほうがまずいってなんでわからない？　不用意にもほどがあるだろ。それとも、俺の忠告は全然耳に入ってねえのか？」

追い詰めるように叱責され、ぐっと言葉に詰まる。

確かに、忠告を無視するような形になったが、だからそれは傍《そば》に梁川がいてつい油断してしまったからだ。

このところそれくらい一緒にいたし、誰にも信じてもらえないような荒唐無稽《こうとうむけい》な話を聞いて信じていると言ってくれたのは梁川だったから。

だが、そんな責任転嫁《てんか》するようなことも言えない。

「べ、つに……俺がＳｕｂだってわかったからって、誰も彼も襲ってくるわけじゃねえだろ。それとも、そんなにＤｏｍってのは理性がねえのかよ」

「……はあ？」

睨み下ろされ、その眼光の鋭さにぎくりと体が固まった。目には見えない威圧感が、重力のように伸《の》し掛かってくる。

背中に、じっとりと嫌な汗が滲《にじ》んでいた。息が乱れる。まるで発作のような息苦しさに、ぐっと奥歯を噛み締めた。

「だって、そう、だろ。同僚だし、会社以外で、会うわけじゃないし。就業中に、そんなことするはず――」

「第一の性とは違う」

精一杯反論する幹人を遮《さえぎ》るように、梁川が切り捨てる。

「男だからって見境なく女性を襲うわけがない。それを単純にＤｏｍとＳｕｂに置き換えて、〝Ｄｏｍだからって、見境なくＳｕｂを襲うわけがない〟とはならないんだよ、瀬上」

馬鹿にされているのとも、呆れているのとも違う。だがその、まるで支配者のような強い口調に、自分の不用意さを棚に上げてカチンと来た。

「それでなくても、最近――」

幹人の顎を摑む梁川の手を、思い切り振り払う。

「うるせえな。たとえそうだったとして、じゃあ俺は男なんだから、本気で抵抗すりゃいいだけだろうが！」

ＤｏｍとＳｕｂには、「コマンド」というコミュニケーションツールがある。ならばそれに従わなければいいだけの話だ。

梁川は、侮《あなど》るような呆れるような表情でふっと失笑する。その態度にますます頭に血が上った。

梁川を睨みつけ、立ち上がる。

「もうほっとけよ、お前に関係ね――」

『黙れ』

大声で怒鳴りつけられているというわけでもないのに、幹人は息を飲んだ。喉の奥が締め付けられたかのように、声が出ない。まるで、見えないなにかに口を塞《ふさ》がれているようだった。

硬直した幹人に、梁川が一歩距離を詰める。

『お座り』

てめえ、なに言ってんだ。

そう言い返したかったし、言葉にしたつもりだったのに、声を出すこともできず膝から力が抜ける。

「……、……っ?」

まるで自分の意思とは裏腹に、幹人の体は再び床に膝をついた。そのままぺたんと腰を下ろす。

――なんで……？　なんで、俺……！

必死に抵抗したいのに、体がいうことをきいてくれない。唇を噛み、困惑と屈辱《くつじょく》で体を小刻みに震わせていると、視線の先に梁川の靴先《くつさき》が見えた。

『こっちを見ろ』

誰が、と反発心が湧いたのは本当だ。けれど、まるで抗いがたい引力があるかのように、幹人の目は梁川を見上げる。

負けるものかと睨んだら、梁川は幹人の顔をじっと見下ろし、踵《きびす》を返した。彼は会議室の椅子を引き、そこに腰を下ろす。

『立て』

命じる言葉にびくっと体が震え、幹人はのろのろと立ち上がった。

――また……！

体がいうことをきかない――いや、どうして梁川の言うことを聞いてしまうのだろう。自分の乱れた呼吸音が、やたらと近くで聞こえた。

――くそ、なんでだよ。早くここから逃げないと……。

これ以上、おかしくなりたくない。

荒くなる息を必死で押さえながら、幹人は梁川の視線を振り切って必死にドアのほうへ向かって足を動かした。早くこの場から立ち去りたい。その一心でドアノブに手をかける。

『待て』

制止の声に、手はそれ以上動かない。反発するように必死に動かそうとしているせいか、ひどく手が震えた。

『こっちに来い』

「……っ」

体は、梁川の言葉に従う。ゆっくりと振り返り、幹人はドアを離れて梁川の座るほうへと歩き出した。

先程ドアの前に行くわずかな隙を与えたのは、決して逃げられないのだと思い知らせるためだったのかもしれない。自由のきかない体がもどかしく、恐ろしく、奥歯を噛みしめた。

『止まれ』

梁川から一メートルほど離れたところで、足を止める。止めさせられた。

梁川は足を組みながら、まるで観察するように幹人を見ている。居心地が悪くて、冷や汗が止まらなかった。

「……やな、がわ……」

沈黙が落ち、梁川の右目が眇《すが》められる。

『――脱げ』

「……っ？」

なんでだよ、馬鹿じゃねえの。そう言いたいのに、口に出すよりも先に自分の手がネクタイを摑んだ。ひゅ、と息を吞《の》む。

「嘘だ……」

すっとネクタイを引き抜き、床に落とす。

「嘘、嫌だ、梁川」

第一ボタン、第二ボタンを外していく指を、どうにか止めようと必死になる。指先が震え、少しだけ動きは遅くなったがそれでも止まらない。

「……やだ……」

手が震えてしまうから、ゆっくりと服を脱ぐ羽目になる。そのせいで、却《かえ》って真綿で首を絞められるように、じわじわと心が追い詰められていった。

時間をかけてボタンを外し終え、シャツを鈍い動作で脱ぎ捨てる。自分の浅い呼吸が、ひどく乱れた。

「嫌だ、梁川、梁川……っ」

声がみっともなく震える。

己の意思とは裏腹にベルトを外し、引き抜いてしまった。その摩擦音《まさつおん》がひどく耳障《みみざわ》りで、怖くて、目に涙が滲む。

「梁川、やめ……」

無表情でこちらに向けられる彼の目は、まるで前世の、自分とほとんど関わり合いがなかった「梁川恭司《きょうじ》」のようだった。

——いや、それよりもずっと……。

そのときに己の胸を過ったのは、怖いとか腹立たしいという感情ではなく「寂しさ」や「悲しさ」で、たまらなく胸が苦しくなる。

——俺……。

梁川に信頼を、心を寄せていたということをはっきり思い知る。

もしかしたら、とまだ曖昧だった梁川への好意が、こんな場面で明確に形になった。

その一方で、冷たい顔をしている梁川に心が痛くてたまらない。幹人は梁川への好意を自覚しているのに、相手はこちらにはなんの興味もないのだと突きつけられているようで、辛かった。

「……やながわ……」

情けないくらいに、声が揺らぐ。誤魔化しようもなく涙声になったけれど、梁川は微かに眉を寄せた程度でなにも言ってくれない。

そうこうしているうちに、自分の手がスラックスのボタンにかかった。

「っ、やだ、……っ梁川、や……っ」

前をくつろげて、スラックスを下ろそうと手が動いている。オフィスで、幹人に微塵《みじん》の興味もない梁川の目の前で、裸になりたくない。

絶対に嫌だと思うのに、体はまるで幹人の意思に従ってくれなかった。ついに涙が零《こぼ》れて、幹人は頭を振る。

「……やだ……っ」

「……っ、『止まれ』」

梁川の声に、今まさにスラックスを下ろしかけていた手が止まる。心底ほっとしたが、急に解放された感覚に戸惑うのが先だった。

——なに……？

一体なにが起こっていたのか。

梁川が椅子から立ち上がり、幹人は身構える。

困惑している幹人に歩み寄ると、梁川は突如《とつじょ》抱きしめてくれた。

『……よしよし、いい子だったな、瀬上』

先程までの冷たい声が嘘のように、優しい声音で梁川が囁く。

両腕で幹人を抱きしめ、頭を撫でてくる梁川に、強張っていた全身から力が抜けた。暗い場所から急に明るいところへ出たかのように、目の前が眩《まぶ》しくてくらくらする。

実際にそうなのか、それともただの体感なのか、判然としない。

『えらいぞ、よく頑張ったな』

「……？」

なに言ってんのお前、と思う自分がいるのに、唇からは「……うん」と甘えた声が漏れた。

無意識に広い胸元に縋ると、言いようがないくらい安心する。寄りかかった梁川の体がぴくりと動き、幹人を抱く腕に力が込められた。

『いい子だ、瀬上』

先程までとは違う震えが、体を襲う。体の芯が甘く痺《しび》れるような感覚に、力が抜けそうだった。

凍《こご》えた体をあたたかな湯船に浸《つ》けたときのように、全身がゆるゆると解《ほど》けるような心地がする。はふ、と息を吐き、目を瞑《つぶ》った。

——もっと。

もっと撫でて欲しい、気持ちいい。

「……ごめんな」

要求するよりも先に、耳元に落ちてきた謝罪の言葉にはっと我に返る。

顔を上げると、先程までの冷たさが嘘のように、梁川が申し訳なさそうな表情をしていた。

梁川は幹人を椅子に腰掛けさせる。そして、先程幹人が床に脱ぎ捨てた服を拾ってくれた。

梁川の手でシャツを着せられ、スラックスのボタンを止められる。ネクタイを締められたところで、やっと我に返った。

「ご、ごめん。自分でやれって話だよな」

すっかり着させてもらってから慌てて言うと、梁川は苦笑する。

「いや、脱がせたのは俺だし」

「違うだろ、俺が自分で脱いだんじゃないか」

梁川はどうしたものかという顔になり、幹人の頰を撫でる。

「違う。俺が〝コマンド〟で脱がせたんだ」

「……コマンド」

さっきのが、「コマンド」。

気が抜けると同時に、なんとも言いようのない気分になる。

梁川は幹人の頭を撫でながら、もう一度「ごめん」と謝る。

「同意もなしに、コマンド使った。……悪かった」

「ううん。……よく、わかった」

あれはただの命令とは異なっていた。

本気になれば抗えるなどと、そういう精神力の問題ではないのだということを体感させられたのだ。

文字で読んでわかったつもりになるのと、体感するのとではまるで違った。

唇を嚙んで俯くと、目元を指で撫でられる。先程泣いてしまったのを思い出して、頰が熱くなった。

「本当にごめん。……怖かっただろ」

小さく深呼吸をして、顔を上げる。

「俺こそ、ごめん。お前がこうして試してくれなかったら、俺、本当に危機感持てなかったと思う。だから、教えてくれてありがとう」

そう言って笑うと、梁川はどうしてか辛そうな顔をした。けれどすぐに、ぎこちなくだが笑ってくれる。それを見て、幹人は少しほっとした。

「なあ、瀬上」

梁川は、幹人の足元にしゃがみこむ。先程とは逆転したような構図だ。

「俺たち、パートナーにならないか」

「え……っ？」

唐突な科白とともに手首に触れられ、心臓が大きく跳ねた。

自分の気持ちがばれたのか。無意識になにか言ってしまったか。

それとも、梁川も俺のことを――？

「……さっき、営業部のほとんどがお前のダイナミクスを知った。さっきはああ言ったけど、パートナーがいるってわかれば、むやみにちょっかいかけられる事態は減ると思う」

けれど続いた梁川の科白に、大きく落胆《らくたん》する。

膨《ふく》らんでいた期待の気持ちが、一瞬で萎んだ。

梁川の言ったパートナーというのは恋人や配偶者のような意味ではなく、あくまでＤｏｍの対となるＳｕｂを指す意味でしかなかった。

勘違いしかけた自分が恥ずかしくて堪らない。畳《たた》み掛《か》ける己の感情に、自分だけが梁川に対して友人や同僚以上の好意を向けているのだと、嫌でも思い知る。

「パートナー……」

たったそれだけのこと、と戒めるように復唱したら、梁川が戸惑いの表情になる。

「ああ、えっと、深い意味じゃなくて。あくまで便宜上《べんぎじょう》」

「便宜上？」

そう、と梁川は大きく頷く。

以前、医師からもらったリーフレットにも書いてあったが、ＤｏｍとＳｕｂは定期的に「プレイ」をしないと体調を崩すことがある、と教わった。投薬や、医師等のカウンセリングで多少解決はするが、確実なのはパートナーとのプレイだと。

「同僚相手もそうだけど、さっき俺にされたみたいなこと、見知らぬＤｏｍにされたら嫌だろ？」

「……うん……」

梁川にされても怖かった。あれを、まったく知らない男にされたらと思うと、体が震えて止まらなくなる。

梁川がすっと立ち上がり、震える体を抱きしめてくれた。

「梁川……？」

『よしよし、怖くない。いい子だな、瀬上』

囁きながら背中や頭を撫でられ、安心して力が抜ける。辛抱強く、梁川は幹人をあやした。

「……ビジネスパートナーみたいなもんだと思えばいい。俺も今、パートナーはいないし」

「そう、か。そういえば、リストバンドもしてないもんな」

改めて梁川の手首を確認して、ほっと息を吐く。

ありがと、と礼を言って、体を離した。

「相手を恋人みたいに好きじゃなくても大丈夫。割り切って、友達同士でパートナーになることだってあるんだし」

「……う、うん」

便宜上。好きじゃなくても。友達同士。

きっと、幹人に対して下心はないから安心しろ、という意味で言ってくれているのだろう。

だけど、梁川を恋愛対象として見てしまっているのを自覚したばかりの幹人からすると、そんな言葉を重ねられるほどに、ボコボコに殴られているような感覚に襲われた。

「下心があるわけじゃないから。Win-Winっていうか……お互いに人助けするような気持ちでいればいい」

眉尻を下げた幹人に、慌てたように梁川が言う。

そんなに必死になって幹人に興味がないことをアピールしなくてもいいじゃないか。いや、むしろ、本気になられたら困ると思っているのだろうか。

「……本当に？」

思わず問うと、梁川が「えっ」と顔を強張らせる。

「……下心、ない？」

俺にはまったく、魅力を感じない？　そんな直截《ちょくせつ》な科白は吐けないけれど、じっと見つめて問いかける。

突然こんなことを訊く幹人に梁川は当惑した様子を見せる。梁川はあくまで軽い気持ちで言っているのに、深刻に捉えすぎている幹人に引いたのだろうか。それとも自意識過剰だと、呆れているか。

「……ないよ。下心なんて、ない」

やっぱり今のなし、と取り消そうとしたら、先に梁川が頷く。

返答には残念だけれど、ちゃんと引かずに答えてくれた。幹人は問いを重ねる。

「じゃあ、俺とお前はただの、便宜上のパートナー？」

ほんの少し、否定して欲しいという願望まじりに問いかけたが、梁川は今度はすぐに、はっきりと頷いた。

「ただの、便宜上のパートナーだ。下心はないと誓《ちか》う」

にっこりと笑って宣誓《せんせい》され、泣きたいような気持ちになった。

幹人に対して一切脈はないとはっきり告げられてしまう。

「……わかった。じゃあ、パートナーに……なってもらっても、いいか？」

ぎこちなく頷けば、梁川がほっと息を吐く。

相手にまったくその気がないのに一緒にいるのはきっと辛い。でも、同じくらい離れたくない気持ちもあった。

「じゃあ、よろしくな。瀬上」

「……うん、よろしく」

梁川は面倒見がよくて、いいやつだ。心の底からそう実感する。

この世界は、前世よりもずっと平和だ。ダイナミクスという性に振り回されていてさえも、お釣りがでるくらい自分にとっては環境がいい。

――元の世界に、戻りたい。

だけど、初めてそんなふうに思った。

梁川はいいやつで、優しい。そんな同僚に、己の不注意からとてもひどいことをさせてしまったし、「パートナー」という重要な関係性を結ばせてしまったのではないだろうか。

そう思うと怖くてたまらず、一方で、誤魔化しようもなく嬉しいと感じてしまっている。そんな自分を嫌悪して、この世界に生まれ変わって初めて、元の世界に戻りたいと強く感じた。

早速その日の終業後、ペアになるカラーとリストバンドを一緒に買いに行った。適当に買ってきて、と言ったらお前も来るんだよと少々怒られたのだ。

元の世界にもあるアパレルブランドには大概《たいがい》、ペアとなるカラーとリストバンドが売っている。革製のものから金属製、シリコン製など様々だが、高級ブランドの場合は革か金属が定番のようだ。

「うーん……やっぱり定番の黒がいいかな」

百貨店にある某高級ブランドの売り場で、梁川《やながわ》は既に小一時間ほど悩んでいる。

「……さっきのでいいんじゃない？」

「さっきの？　いや、でもなぁ……」

どうせ「便宜上のパートナー」なのだからショッピングモールで買えるような安くて適当なものでいいのに、と幹人《みきと》は思っているのだが、真剣に選んでくれているので水を差しにくい。

梁川は先程から、色々なカラーを幹人の首元に当てては確認している。

好きな男に首に触られたり、じっと顔を見つめられたりするので、幹人にとってははっきり言って気が気ではない。

――顔、赤くなってないかなあ……。

ううう、と気まずさに唇を引き結ぶ。こころなしか、店員さんが微笑ましそうに遣り取りを見ているのもいたたまれなかった。

今の自分たちはさしずめ、婚約指輪をきゃっきゃと盛り上がりながら選んでいるカップル、みたいな感じだろうか。

「そうだなー……やっぱり金属なら銀、革なら黒かな。どっちがいい、瀬上《せのうえ》？」

どっちでもいいから買ってさっさと帰ろうぜ、と言いかけて、口を噤《つぐ》む。

こういうのは男女の別に限らず、「どっちでもいい」「なんでもいい」という答えが一番まずいし、更に長引く可能性があるのだ。「さっさと」なんて地雷以外の何物でもない。

どう答えるのが一番いいかと思案し、そうだ、と思い至る。

「ペアにするんだし、梁川にも似合う色がいいよ」

これは結構会心の答えではないだろうか。

けれど梁川は一瞬照れたような顔をしたくせに、すぐに「わかっていない」とでも言いたげに首を振った。

「色は顔に近いところに身につけるＳｕｂ《サブ》に合わせるべきだし、基準は瀬上」

「……いや、別に二人に似合う色であればよくない？」

「お前はブルーベースで、俺はイエローベースだろ。似合う色がそもそも違う」

どうでもいいわ、と言おうとしたが飲み込んだ。

二人の勤務する株式会社大隈《おおくま》の営業職の人間は、新人研修の一環でパーソナルカラーを診断してもらう。パーソナルカラーとは肌の色や髪色、虹彩の色と調和する、「自分に似合う色」のことだ。大別するとブルーベースとイエローベースというふたつの区分に分けられる。

細かな配属は新人研修のあとに決まるが、テキスタイル——生地や既製服の営業に回る営業マンが自分に似合った服を着ていないというのは信用に関わる、ということで、幹人たちが入社する数年前から取り入れられたプログラムだった。

それで言うと、ブルーベースの幹人はシルバー、イエローベースだという梁川はゴールドが似合う色となる。梁川は先程から、銀、黒、白、紺、ロイヤルブルーなど、幹人に合うとされる色しか並べていない。

——なんだかな……。

似合う色を認識されていて、比較検討《けんとう》されるのがこそばゆい。

梁川は店員の意見も聞きながら真剣に悩み続け、不意に「よし」と頷く。

「銀も捨てがたいけど、金属は冬寒いから可哀想だし、やっぱり革。黒の革にしよう。——すいません」

はい、と店員がにこやかに応《こた》える。

「これの、黒をお願いします。ペアで」

「かしこまりました。金具が銀のお色のほうでよろしいでしょうか。こちらでつけていかれますか？　それとも、プレゼント用にお包みしましょうか」

対象者が隣にいるのに？　と思っていると、梁川は少々考え込むような仕草をして「じゃあ、プレゼント用で」などと言い出す。

「ちょ……っ、いい、いりません、タグも切ってください！」

遮るように言うと、梁川が不満そうな顔をした。

「なんで。せっかくパートナーとして初めてのプレゼントなのに」

「い、意味深な言い方するなよ……っ」

小声で咎める幹人に、梁川は眉を顰める。

「意味深って、別に本当のことだろ」

——だって、「本当の」パートナーじゃないのに、「便宜上の」パートナーなのに、そんな意味あるみたいなことされたくない。

いい、いい、いい、と首をぶんぶん振り続けたら、溜息を吐かれてしまった。

「わかった、……じゃあいいよ」

——あ。

落ちた声のトーンにぎくりとする。不快にさせたかと思ったが、梁川が店員のほうを向いてしまったので、表情はよく見えなかった。けれど、今更発言を撤回《てっかい》する、というのもやりにくい。

「――すみません、ここでつけていくので、タグ切っていただけますか。支払いは一回で」

そう言いながら、梁川はクレジットカードを革製のカルトンの上に置いた。

「えっ、俺も払う……」

「こういうのは、Ｄｏｍ《ドム》の役割」

決して安くはない買い物なのに、そう断られる。こちらの常識のことはわからないのだが、あまり強く言ってもＤｏｍの沽券《こけん》に関わるのかもしれないと思うと反対もしにくかった。

「じゃあ……ありがとう、ございます」

おとなしく引っ込むと、なんで敬語、と笑われた。

こういった遣り取りにも慣れているのだろう、店員は笑顔を崩さずに畏《かしこ》まりました、ご一括で承《うけたまわ》ります、と頷いてキャッシャーのほうへ向かっていく。

――いや、俺だって……俺だってさ、あげるほうは慣れてるけど……！

恋人にプレゼントをあげるのは、相手の性別を問わずいつも自分の役割だった。受け取るのを遠慮《えんりょ》するようなタイプはいなかったし、むしろねだられることすらあったのに。

――なんだかなー……慣れねえ……。

面映《おもはゆ》い。それが正直な感想だ。

二人で黙り込んで待っていると、やがて店員が戻ってくる。カードと明細書を返し、布張りのトレイの上にカラーとリストバンドを並べてくれた。

梁川はリストバンドを手に取り、腕時計に重ね付けするようにさっさと嵌《は》めてしまう。

「……どうした？　瀬上」

「え、ああ。……ここで嵌めたほうがいいのかな、と思って」

会社員や公務員などで、就業中などにカラーを首につけているSubはあまり多くない。だが、カラーを買いに来たのは、ダイナミクスがSubであると自分でばらしてしまったからだ。

「まあ、どちらかと言えば瀬上の場合は、外より社内でつけてたほうがいいけど。部内で露見《ろけん》しちゃったから、牽制《けんせい》のためにもな」

外回りのときは外していても、Subだと認識されてしまっている社内では身につけていたほうが牽制になって安全だと言われ、納得する。

「でも、せっかく買ったんだから、つけてみたらどうだ？　サイズ感も気になるだろうし」

「あ、それもそうか」

じゃあ、と手を伸ばしたら、梁川に先に取られてしまった。

「梁川？」

「つけてやるよ。ちょっと顔上げてみろ」

「え……っ」

それってどうなの、と思いながら、ちらりと店員を見る。店員はにこにこと微笑みながらこちらを見ていて、本心は読み取れない。

――ここで下手《へた》に騒いだほうが意識してる感じで恥ずかしいかな……？

心の中で葛藤しながらも、じゃあ、と顎を上げた。自分から言い出したくせに、何故か梁川が目を瞠る。

やっぱり揶揄われたのかと思い「なんだよ」と睨んだら、梁川はいや、と満面の笑みになった。屈託《くったく》のないその表情に、こちらのほうが戸惑ってしまう。

「ん」

早くしろよと急かせば、梁川は幹人の項《うなじ》に手を回した。彼の指先が微かに肌に触れ、びくっと背筋を伸ばしてしまう。

変に思われなかったかなと内心冷や汗をかいたが、目の前の梁川の表情は変わらなかったのでほっとした。

差込型のバックルが、かちりと音を立てて止まる。

「はい、できた」

「……ありがと」

カウンターの上に置かれた鏡を見ると、ボタンを外して緩められたワイシャツの襟から、黒い革製のカラーが覗いていた。その横に、梁川が手首に嵌めたリストバンドを並べてみせる。

おそろい、というのとは違うけれど、明らかに対をなすその意匠に、なんだか本当にカップルに――正確にはパートナーに、なったような気がして途端に気恥ずかしくなった。

鏡越しに目があって、ますます頬が熱くなる。

「よくお似合いです～」

如才なく褒めてくれる店員に、なぜか幹人ではなく梁川が「でしょう？　ありがとうございます」などと言う。

「ば……っ」

幹人は赤面しながら、彼の整った顔をぐいっと押し返した。

「なんだよ恥ずかしがるなって」

「誰が恥ずかしがってんだよ、馬鹿。ほら、飯食いに行くぞ！」

またのお越しをお待ちしております、と丁寧に頭を下げてくれる店員に会釈をして、ばたばたと店を出る。付き合いたてのバカップルのように思われていたらどうしよう、と恥ずかしくなった。

「よし、じゃあ飯行くか。焼き鳥でいいよな」

「あっ、うん」

言いながら、梁川は自然な様子で幹人の手を繋《つな》いできた。

内心ひどくびっくりしたけれど、「パートナー」なのだからおかしくはないのかもしれない。

――便宜上の、偽装のパートナー……だけど。

でも嬉しい気持ちは本物で、握った手を振り払う気にはなれない。

――いつか、どっちかに相手ができたら解消しないといけないけど。でも。

今は、梁川が自分のパートナーなのは間違いない。

嘘をつかせて、高い買い物までさせて。申し訳ない気持ちはあったけれど、相手ができるまでは甘えさせてもらうことにした。

――相手ができるまでは、この手は離さなくていいんだよな……？

梁川に問いかけることはできない。その代わりに、繋いだ手にほんの少しだけ、力を込めた。


自分の第二の性別――ダイナミクスを、幹人《みきと》が同僚たちの前でうっかりばらしてしまったのは四日ほど前のことだ。

梁川《やながわ》にその不用意さ、警戒心のなさをこっぴどく叱《しか》られ、その日のうちに二人でカラーと呼ばれるＳｕｂ《サブ》専用の首輪を買いに百貨店へ出向いたわけだが、正直なところ幹人は自覚したばかりの恋心を抱《かか》えつつ、「なにも、そこまで急がなくても」と思っていた。

けれど、梁川の判断は正しかったんだなと、たった数日で実感している。

「――だから言ったろ、不用意な発言するなって」

卓上コンロの上に置かれた土鍋《どなべ》の蓋《ふた》を開けながら、したり顔で梁川が言う。美味《おい》しそうな匂いの湯気がもわっと立ち上《のぼ》った。

ほんの少し反発心も湧いたが、彼の言う通りなので、幹人は反論をビールとともに飲み込んだ。

昨日、一昨日《おととい》と福岡《ふくおか》に出張に行っていた梁川が、モツ鍋セットを買って帰ってきたので、今日は梁川の自宅で鍋パーティをしている。パーティといっても参加者は幹人と梁川の二人だけだ。缶ビールは幹人の手土産《てみやげ》である。

「言ったろ」

黙り込んでいたらそう重ねられ、幹人は渋々「……よくわかったよ」と返事をした。

「……それはもう、痛いほど実感してる」

驚いたことに、幹人がSubだとわかってからというもの、やたらと部内のDom《ドム》たちが優しいのだ。

優しいというか、あからさまな者だと「飲みに行かない?」とか「飯食いに行かない?」と誘ってくる。

Subということをうっかり言ってしまって、カラーを買いに行ったのが今週の月曜日。今日は金曜日だが、梁川のいなかった水曜日と木曜日は、特に凄《すご》かった。

断っても「じゃあいつならあいてる?」と食い下がってくる。引き際はいいのだが営業部の押しの強さを全開にしてくるので、断るのに骨が折れた。同期で友人の保原《ほばら》が見かねて助け舟を出したりしてくれたが、それでもめげない者が数人いたのだ。

保原は「パートナーがいるのに！」と憤慨《ふんがい》しながら幹人をガードしてくれた。とはいえ、男だしそんなに気を遣《つか》ってくれなくてもいいのに――そう言うと、保原は可愛らしい顔を顰《しか》めて「瀬上《せのうえ》は危機感なさすぎ。Ｄｏｍ心をわかってない」と説教をしてきた。

保原もパートナーのいるＤｏｍなので、自分のＳｕｂがこんなに無防備だったら気が気じゃないと溜息をついていた。彼が外回りに行く際などは「Ｄｏｍが紳士的とは限らないんだから、十分に気をつけること、いい？　わかった？」と過保護ぶりを全開にして言い含めてきた。

元々病弱な幹人の体調を気遣ってくれるような部分は皆あったのだそうだ。それがより顕著《けんちょ》になりましたね――と呆《あき》れたように教えてくれたのは営業事務でUsual《ユージュアル》だという女性社員、五百川《いおかわ》である。

「それが美人なＳｕｂの宿命だもんな」

「美人って」

ここは笑うところなんだろうか、と少々戸惑《とまど》いつつ、愛想笑いを浮かべておく。

梁川は菜箸《さいばし》で鍋の具材を取り分けながら真顔で「カラーつけてるからって油断は禁物」と付け足した。

「もし、一人で対処しにくいことあったらすぐ言えよ」

「うん、ありがとな。いまんとこ大丈夫だけど……」

やはりパートナーと公言したも同然な梁川が出張から帰ってきたことが大きな要因だろう、今日はあまり誘われなかった。

梁川は取り分けた具を綺麗に盛り付けた器をこちらに寄越してくれる。まるで商品の写真のように、すべての具材が綺麗に配置されていた。礼を言って受け取る。

几帳面《きちょうめん》な性格なのかと思いきや、自分のお椀《わん》へは雑によそっていた。内心おかしく思いながらも、梁川の自分への気遣いを感じて少々面映《おもはゆ》い気持ちになる。

「じゃあ、いただきます」

「いただきまーす」

一口食べて思わず「うま！」と言うと、梁川が得意げに笑った。

「だろー？　夏に食う鍋最高だよな。冷房利《き》いた部屋で食う鍋こそ至高よ。内臓は夏でも冷やさねえのが健康の秘訣《ひけつ》だ」

「おっさんくせえな……」

だが、この鍋がうまいのは同意する。しょうゆベースのスープがしみた、モツ、山盛りのニラ、キャベツ、豆腐はどれも美味しい。にんにくと、唐辛子《とうがらし》も効いている。

モツは普段東京で食べるものよりも、脂《あぶら》が乗ってぷりぷりしている気がした。内臓系はいつまでも飲み込めないイメージがあったのだが、これはちゃんと噛み切れる。

モツだけで食べても勿論《もちろん》うまいし、くたくたになったキャベツやニラと一緒に食べるとよりうまさが増す。

「締めの麺《めん》もあるから腹八分目くらいにしようぜ」

「麺！　うまそう。なあ、モツ鍋ってしょうゆベースが定番なのか？」

もりもりと食べていた梁川が首を傾《かし》げる。

「いや、どうだろ。一応現地の人に話訊《き》いたり連れてってもらったりするんだけど、割といつも人と店によっておすすめが違うんだよな。取り敢《あ》えず、今は俺が一番好きな店のを買ってる」

「へー」

地元民に訊いてもそこそこ意見は割れるそうで、「あんなとこ観光客しかいかないよ」という店に地元民で普通に通う人もいたりするという。観光地あるあるだな、と幹人は笑った。

「実は俺、モツって食べつけてなかったんだけど、すげーうまいな」

咀嚼《そしゃく》して飲み込んでから素直に感想を言うと、梁川は目を丸くした。

「そうなのか？　俺、お得意様がいるから福岡結構行くけど、モツ鍋はだいぶ食ったな。行くと必ず食うし」

「マジか。次、明太子《めんたいこ》買ってきて。俺、実は福岡行ったことないんだよね」

営業という職業柄《がら》、海外も含めて色々な都市に行ったが、九州方面に顧客はいなかった。へえ、と梁川が意外そうな顔をする。

「お前、あんだけ仕事してて本当かよ、そんなことある？」

「そりゃあるだろ。俺九州方面弱くて全然お客さんいないんだよな」

「言われてみりゃ俺も中国、四国方面ゼロだわ」

お前もあるじゃねえか、と互いに笑い合う。

「それに新規開拓するって言っても――」

もう営業部ではなくなるので、出張の機会はほぼなくなる。

だが異動前の人事をばらすわけにはいかないので、すんでで飲み込んだ。

「ん？」

「……いや、色々限界かなって」

「あー、まあな。これ以上増やしたらしんどいかもな。お互い」

誤魔化した言葉に同意を得て、幹人はほっと胸を撫《な》で下《お》ろす。本当は様子のおかしいことに気づいているが、さらりと流してくれたのかもしれない。

そういうところも、梁川と一緒にいて居心地がいいと思う一因なのだろう。

――「パートナー」になって身構えてたけど、なんかこうしてると普通に仲いい同僚だよな。

他愛《たわい》のない会話をして、ともに食事を楽しむ。そのことを、心地よく感じている。

大学から一人暮らしをしていて、一人での食事には慣れたつもりだったけれど、梁川と一緒にいるようになってから、誰かとともにいるのが楽しいなと思うようになった。

「でも、さっきの話……Ｓｕｂの宿命でもあるけど、瀬上の場合、ずっとダイナミクスのこと言ってなかったから余計に関心を引いてるのかもな」

少し前の話に戻した梁川の言葉が少々意外で、幹人は目を瞬《しばたた》く。

「Switch《スウィッチ》ってことを？　そうだったんだ」

「Switchかどうかっていうより、ダイナミクスそのものを、だな」

何故だろう、と瀬上は内心首を傾げる。

「瀬上ってUsualって感じはしないし……かといって、Ｄｏｍかというとそうでもない気がするし、Ｓｕｂでもないような気がしてたし……、でも綺麗な顔立ちだから男も女もじりじり距離測ってたっていうか」

「へー……？」

厳密《げんみつ》には「こちらの瀬上幹人」の話なので自分のことではないのだが、それが己《おのれ》への評価だとは思えなくてつい首を傾げてしまう。

前世ではそこまでもてていた記憶がない。男女問わず告白されたことはあったし、相手に困ったこともないけれど、そんな高嶺《たかね》の花みたいな扱《あつか》いはされたことがなかった。

「まあ、当時はSwitchだった、っていう事実を聞いて、腑《ふ》に落ちたけどな」

「ふーん？」

梁川は大きな口を開けてモツを頬張って、咀嚼し飲み込んでからちらりとこちらを見る。

「今となっては確かめようがないけど、Switchだった……こっちの世界の瀬上は、会社にいるときは多分Ｄｏｍで徹底《てってい》してたんじゃねえかな」

Switchは自由意志でどちらかに固定することができるという前知識はあったが、梁川がやけに確信的に言うのが気にかかる。

「なんで？　そのこころは？」

「今まで不意打ちでコマンドを試さなかったやつがいないと思えない」

「不意打ち……」

さくっと返ってきた答えを、思わず復唱してしまった。

不意打ちとはつまり、Ｓｕｂ本人の了承を得ず、ＤｏｍがコマンドІを使って強引にプレイに持ち込む、ということだろう。

突然見知らぬＤｏｍに『跪《ひざまず》け』とか『脱げ』などと言われるのを想像して、幹人は顔を顰めた。

自分が実際に梁川のコマンドを体験したからより思うのだが、見知らぬ相手や、恋愛対象でも懇意《こんい》でもない間柄《あいだがら》の人物にやられたらと思うと、想像だけで生理的な嫌悪感が湧いてくる。

「それはセクハラじゃねえのか」

「勿論《もちろん》そうだよ。でも、『下心ありの冗談』のつもりでそういうことするやつがいるのも事実だからな。大昔なんてそれこそ、飲み会とかで当たり前みたいにやってたって話も聞くし」

前世の世界で想像すると、お酌《しゃく》をさせるなどというレベルではなく、女性社員のお尻《しり》を挨拶《あいさつ》代わりに触る、みたいなものだろうか。

「うわー、滅べよ」

「だから滅んだんだよ、平成の頃にはな」

「なるほどな」

だが男女間で行われるセクハラ同様、ＤｏｍとＳｕｂの間で行われるセクハラも、絶滅したとは言い難《がた》いのが現状のようだ。

勿論、当時も今もばれたり訴《うった》えられたりすれば、加害者の旗色は悪い。けれど、被害者がはっきりと訴えづらいことは想像できる。

「こういうのに性差はねえけど、同性同士の場合、言いにくいしな。心情的に」

冗談じゃん、本気にするなよ、と言われたら、まるで自分のほうが間違っているような気になるかもしれない。

「……まあ、それもそうか。気をつけるわ」

「おう、そうしてくれ。一応カラーしてるから平気だとは思うけどな。……はい、このあたり煮えてる」

そう言って、おたまで具材を掬《すく》ってくれたので、慌てて器を差し出した。

「ありがとう」

「どういたしまして」

にこっと笑い、梁川は自分の分も取り分け始める。やはりこころなしか、幹人によそったときのほうが丁寧だ。

そもそも、梁川は食事のときには大体いつも、甲斐甲斐《かいがい》しく給仕をしてくれる。最初はあまり気にしていなかったが、途中でやけに世話を焼かれていることに気づき、固辞《こじ》しようとしてからそれが彼の「Ｄｏｍ」としての性質なのだということを察した。

「……なあ、瀬上」

ほんの少し会話が途切れ、梁川がうかがうように呼んでくる。

「んー？」

「……してもいいか？」

とてつもなく意味深に聞こえる科白《セリフ》が、そんなにいやらしい意味ではないというのはもうわかっている。

正直なところ、未《いま》だ抵抗がないとは言えないが、しょうがないなという体《てい》で「いいよ」と返した。

梁川は満面の笑みになり、幹人の箸と器を奪う。そうして、よく煮込まれたモツとキャベツを幹人の口元へと差し出した。

「はい、あーん」

「……、あーん……」

躊躇《ためら》いがちに開けた口の中に、モツとキャベツが入ってくる。咀嚼している幹人を、梁川は嬉しそうに眺めていた。

——……落ち着かない……。

曰《いわ》く、梁川は「Ｓｕｂの面倒を見たい、構いたい系Ｄｏｍ」だそうで、とにかく相手の世話を焼くと幸せを感じるそうだ。

相手が誰であっても多少は満たされるらしいが、パートナーのＳｕｂ相手だと格別な多幸感が得られるらしい。

——それは、「便宜上」の俺でも？

そう訊《たず》ねることはできず、幹人は黙って咀嚼する。

ごくんと飲み込んで、溜息を吐いた。

「どうかした？　瀬上」

当然気づかれて、なんと答えたものかと眉根《まゆね》を寄せた。

「いやー……なんか色気とか可愛《かわい》げがねえよなって思って。こういうのって、もうちょっと可愛い料理でやるもんじゃないの？」

ケーキとか、フルーツ等だと絵になるかもしれないけれど、出張土産のモツ鍋セットでやるものだろうか。

そんなふうに誤魔化した幹人に、梁川は目を丸くする。それから、頬杖をついて微妙な苦笑を浮かべた。

「なに、色気がほしい？　俺とお前の間に」

「え？　うーん……」

そう改めて訊かれると、それはどうだろう。

いや別に、と首を傾げたら、梁川が小さく吹き出した。

「安心しろ、『ケア』に色っぽくする決まりはない。それよりはい、次。あーん」

「……あー……」

以前ダイナミクスのざっくりした説明を受けたときには、どんなＳＭプレイを強要されるのだろうと戦々恐々としたものだ。

そんな幹人に梁川は「はいあーん、みたいなやりとりで満足できるＤｏｍもいたりする」と言っていた。それはどうも本人の性質であったらしい。

「うまい？」

「うん」

そっか、と梁川が目を細める。そうして、対面から手を伸ばして幹人の頬を指で撫《な》でた。思わずびくっと肩を強張《こわば》らせた幹人に、梁川は「ついてた」と言う。

「顔に⁉　ご、ごめん」

「いや」

なんで普通に食事をしていて頬にモツ鍋の具材がくっつくんだ、そこはせめてケーキを食べているときにクリームが付くとかだろ、と器用すぎる自分に赤面した。

だが梁川は呆れた様子もなく、頬杖をついたままにこにことこちらを見ている。

——これでいいのかなと思うけど……まあ、いっか。

なんだかんだ、ごちゃごちゃと考えてはいるものの、そんな幹人も梁川とのやりとりで満足感を得ている自分を知っていた。

あくまで便宜上のパートナーだけれど、梁川と組んで、プレイができているおかげか、心身ともに不調がなく快適に過ごせているので、ありがたい。

前世での不調の期間が長すぎて、体調不良であることに違和感がなかったのだが、こうして梁川に世話をされて、健康を取り戻しているのをじわじわと実感する。

——それに、こういうのなら心情的にも悪くはないし。

梁川といて、案外自分は甘えるのが嫌いじゃないことに幹人は気がついた。

Ｓｕｂという性に引きずられているのか、それとも自分という人間がそもそもそういう性格だったのか、自分でもよくわからない。

「続き、してもいい？」

梁川の問いかけに、こくりと頷いて再び口を開く。

梁川とのやりとりに戸惑いはあるものの、決して悪い心地はしないのだ。

食事を終えて、片付けるのは一緒に行《おこな》った。梁川からはしなくてもいいと言われたが、人の家で上げ膳据《ぜんす》え膳は少々据《す》わりが悪い。

自称「世話焼きＤｏｍ」としてはなにもかも面倒を見たいのかもしれない、とも思う。とはいえ幹人の性格上、はいそうですかというわけにはいかなかった。

「なー、梁川。これどこにしまえばいい？」

洗って拭《ふ》いた土鍋を差し出すと、食器を拭いていた梁川が顎《あご》で指し示す。

「流しの下にしまってくれるか？」

「了解」

しゃがみ込み、恐らく土鍋が置いてあったであろう空《あ》いたスペースにしまい、扉を閉める。

顔を上げたら、梁川と視線がぶつかった。

梁川が目を細めて、幹人の髪を撫でる。

『よくできました。いい子だ』

「……っ」

耳に心地の良い低音に、体が震え、力が抜ける。それは恐怖などではなく、快感に近いものだった。

そのまま床にへたりこんでしまう。ふ、と梁川が微《かす》かに笑った。

「『あっちで座って待ってて』、瀬上」

「……ん」

頷いて立ち上がり、幹人は少々おぼつかない足取りで、リビングのソファに腰をおろした。食器を片付けている梁川の背中をぼんやりと見つめながら、小さく息を吐く。

──不意打ちでコマンド使われると、やば……。

頭と体がふわふわして落ち着かない。

パートナーになってから、互いの家に度々《たびたび》行き来するようになった。友人のように、食事をしたり動画を見たり、ゲームをしたりしながら過ごすのだが、その合間にこうしてプレイの練習をするのがほぼ日課のようになった。

──いや、練習も本番もないんだけどさ……。

ソファの上で膝を抱《かか》え、膝頭《ひざがしら》に頭を乗せる。

初めて梁川にコマンドを使われたときは、怖くてたまらなかった。

自分の意思ではなく体が動くのが、あんなに恐怖心を感じるものだとは思わなかったのだ。生殺与奪《せいさつよだつ》の権利が完全に他者に渡るようなものなのだから、当然といえば当然だ。その上、脱げと命じられたときは本当に震え上がった。

あれは、どれだけ嫌がろうと拒《こば》もうと、ＳｕｂはＤｏｍにコマンドを使われたら抵抗ができない、ということを身を以《もっ》て思い知る出来事でもあった。思い返して、軽く身震いする。

――……あの、目には見えない怖い覇気《はき》みたいなのが「グレア」。

睨《にら》まれて威嚇《いかく》された瞬間に、なにかに縛《しば》りつけられたように動けなくなってしまったのだが、あれがＤｏｍのグレアと呼ばれる能力だという。

グレアを使われると、Ｓｕｂは恐怖で身動きがとれなくなる。ＳｕｂだけでなくＤｏｍ同士であっても多少影響が出るそうだ。

――それで、そのあとの……抱きしめられたときに、気持ちよかったのが「サブスペース」。

サブドロップ――相性の悪いＤｏｍからのコマンドや、プレイのあとのアフターケアを怠《おこた》られたとき、またはグレアを浴びせられたときにＳｕｂが虚脱《きょだつ》状態に陥《おちい》ること、というのは最初に教えてもらったが、その逆は知らなかった。

あの、多幸感に満ちた、快感に包まれるような状態をサブスペースと呼ぶそうだ。

――なんか、サブドロップにしろサブスペースにしろ、どっちも自分が自分じゃなくなるみたいで、怖いよな。

理性が利《き》かなくなるというか、吹っ飛ぶというか。どちらにしろ平静を保てないのは怖い。

「――瀬上、どうした?」

梁川に呼びかけられ、無意識にソファの肘置《ひじお》きに凭《もた》れかかっていたことに気がついた。

いつの間にか片付けを終わらせていたらしい梁川が、隣に座っている。

「眠いか？　それとも具合が悪い？」

心配そうに問いかけられて、ゆるく頭を振る。

「いや、ちょっと考えごとしてた」

「そっか。……どうする？」

「やる」

「……じゃあ、『お座り』」

発せられたコマンドに、体が動いた。操られているような感じは確かにあるのだが、そこには自分の意思も間違いなく存在しているようで、初めてのときより不安感がなく、むしろ気持ちがいいくらいだ。

ソファから降りて、フローリングの床に敷かれたラグの上に座り込む。幹人が見上げると、梁川は目を細めた。

『いい子だ』

大きな掌《てのひら》に頬を撫でられ、心地よさに目を閉じる。安心感に包まれるようで、ほっと息が漏れた。

二人で話し合って決めたのは「決して性的なコマンドを使わない」ということだ。

コマンドには様々なものがあるが、明らかに性的な場面で使うものも存在する。

『四つん這《ば》いになれ』『晒《さら》せ』『舐《な》めろ』『イけ』などがそうである。それらは、決して使わないことに決めた。

何故《なぜ》なら自分たちは恋人同士ではないし、また、恋人でもない相手とそういった行為をすることに抵抗がある、という共通の倫理観をきちんと言葉で確認しあったのだ。

「平気か？　気持ち悪かったり、具合悪くなったりしたらすぐ言えよ」

梁川の気遣いに頭を振る。無意識に、ほっと息を吐いた。

「平気。……気持ちいい」

頬に触れている大きな掌に、頭を預ける。

こちらの世界が――こちらにいる自分の体が、前の世界と違うと思うのはこの「体感」だ。

他者と素肌が触れあうのは気持ちがいい。けれど、そういうものとはまったく別の、安心感や快感に近いものが、「プレイ」では得られるのだ。プレイができないＤｏｍやＳｕｂは体調を崩しやすいというが、なるほどなと思わされる。

実家の愛猫《あいびょう》が背や腹や顎などを撫でられてにゃんにゃんごろごろしているとき、こんな気持ちなのかもしれない。

いつの間にか閉じていた目を開けて、幹人は目の前の梁川を見つめた。

「……梁川は、平気なのか……？　こんなぬるいプレイでも」

訊ねた自分の声がなんだかふにゃふにゃしている気がしてちょっと気恥ずかしい。けれど梁川はそれを意地悪く指摘することもなく、「平気だって」と苦笑する。

「何回確認するんだ、それ」

「だって」

相談して過激なプレイはしないことにしたけれど、周囲の話やネットの情報などを見ると、やはりパートナーとは恋人であってもなくても、それなりのことをするほうが主流のようなのだ。

「平気……というか、俺は元々過激なプレイが好きなタイプのＤｏｍじゃねえから。……『おいで』」

優しい声で命じられ、項《うなじ》のあたりがぞくりと震える。

彼の言葉が嘘か本当かはわからない。けれど、幹人が安堵《あんど》すると、梁川もほっとしたような顔をするのだ。

梁川が、自分の膝をぽんぽんと叩く。幹人は導かれるように立ち上がり、梁川の膝の上に向かい合う格好で座った。

梁川の片手は幹人の腰を支えるように抱き、もう一方の手で顎下を擽《くすぐ》ってくる。俺は猫かよ、と思うのだが、振り払う気はまったく起きない。

「……重くねえの？」

「全然。むしろもっと太ったほうがいいんじゃねえ？」

この辺とか、と言いながら、梁川は幹人の腰や太腿《ふともも》を撫でる。

「セクハラ」

「ひでえな。プレイだろ?」

笑った梁川に、抱き寄せられる。踏ん張ることもできず、そのまま彼の胸に抱きとめられた。

「あ……」

梁川の手が、幹人の頭や背中を優しく撫でる。

——やば……力が抜ける……。

骨が全部抜かれたみたいに、体に力が入らなくなる。先程は「重くねえの」などと訊いたくせに、全体重を預けてしまっていた。

梁川は、なんだかいい匂いがする。昔だったら、男として対抗意識を燃やしまくっていただろう。今もそういう気持ちがまったくないとは言わないが、ただ、身を預ける心地よさに惚《ほう》けてしまうのだ。

——だけど……。

梁川と一緒にいて、色々と思うところはある。けれど、居心地がよいのも事実だ。

「あー……気持ちいい……」

無意識に思ったことを口に出してしまったかと焦《あせ》ったが、それは自分が発したものではなかった。梁川の科白だ。

不思議に思って上体を軽く起こす。

「瀬上？　どうした？」

「……気持ちいいの？　お前も」

はっきり訊いたつもりだったが、吐息混じりになってしまい、無意味に口元を擦《さす》る。梁川は一瞬顔を逸《そ》らし「んっ」と咳払《せきばら》いをした。

「なに？」

再び大きく咳払いをしてから、梁川が顔をこちらに向け直す。こころなしかちょっと頬が赤い。

「いや……気持ちいいよ。Ｓｕｂに触れたり、Ｓｕｂが世話焼かしたりしてくれたら」

「……ふうん？」

なんだか気恥ずかしくなって、腰の辺りが落ち着かなくなる。幹人がもぞもぞと尻を動かしたら「馬鹿、お前……っ」と梁川が小さく叫んだ。

「悪い、痛かったか？」

肉付きが悪いというようなことを先程言っていたし、骨が当たったのかも知れない。梁川は息を吐きながら「いや、平気」と言って再び空咳《からぜき》をした。

梁川は天井を見上げて息を吐く。

「それより、瀬上のほうこそ抵抗ないのか？　Ｓでタチ専とか言ってたろ」

「ああ、うん。そこは全然。不思議なもんで」

こちらの世界の「Switchだった瀬上幹人」がどうだったかは知らないが、幹人は今まで同性同士でもタチ以外はしたことがない。SかMかで言ったら、絶対にSだと思っている。それなのに、思ったよりもSubとしてプレイすることに抵抗感がないことに自分でも少し驚いていた。

「へー……今まで下になったことはないわけ？」

その問いかけに、思わず顔を顰めてしまう。

「それは、まあ……」

実は一度だけ、抱いた相手に「逆もやってみない？」と誘われたことはある。だが体質的にまったく向いていないようで、指一本入れるので限界だった。

だけどそれを言うのもなんとなく憚《はばか》られて「一回くらいは、まあ、それなりに、微妙に」などとそれこそ微妙な嘘をついてしまう。

経験豊富だと見栄を張る気持ちもあったが、なによりも、未経験だと知られて梁川に遠慮《えんりょ》されるのは嫌だなと思ったからだ。

梁川は「ふうん？」と首を傾げ、項を撫でてきた。

「柔軟な精神があるから、こういうのも受け入れられるってことかな」

「っ、さあ……わかんねえけど」

気持ちよさに声が上ずりそうになる。それが恥ずかしいのに、心地よさに抗《あらが》えない。

「……ま、好きな相手とか、本物のパートナーとだったら、瀬上も多分もっといい感じになると思うけどな」

梁川のその一言に、不意に冷水を浴びせられたような気持ちになる。

浮き立っていた心と体が、一気に冷静になった。

「？　瀬上——」

再び、自ら梁川に抱きつく。

顔を見られたくなかった。きっと、ショックを受けたような表情をしている。

——こんなやつ……梁川なんて、全然俺のタイプでもなんでもねえのにな……。

梁川は彼のＤｏｍとしての性質かもしれないけれど面倒見がよくて、仕事ができて、だけどそれを驕《おご》ることもない性格のいいやつだ。パートナーでもない、常識的に考えたら単なる記憶喪失《そうしつ》としか考えられないであろう男の話を真剣に聞いてくれて、こうして気を遣《つか》ってくれている。

——……好きになるだろ、そりゃ。

好きな相手とか、本物のパートナーとだったら、多分もっといい感じになる。

梁川のその科白はつまり、幹人とのプレイが「最高」ではないのだ。

——俺は梁川しか知らないけど、でも、こんなに気持ちいいって思ってるのに。

梁川の言葉で改めて梁川に対する恋愛感情を自覚させられ、同時に、脈のないことを思い知る。

——相性のいいパートナーだと、梁川はどんな感じになるんだろ。

今はパートナーがいない、だから幹人と組んでくれたとのことだったが、顔も知らない梁川の未来のパートナーに嫉妬《しっと》している。

しばらく顔を上げられない、見られたくない、と自身にさえも言い訳をして、幹人は梁川にしがみついていた。

週が明けて月曜日、午前中は会議で潰《つぶ》れた。会議終了とともに昼休憩の時間になったので、梁川《やながわ》に声をかける。

「梁川、昼飯どうする」

「ん？　うーん……」

梁川はノートパソコンのモニタを眺めながら生返事で、内心珍しいなと思う。

「おーい、梁川、飯は？」

顔を近づけて改めて呼びかけると、やっと梁川の意識がこちらへ向いた。

「あー……、っと。俺、ちょっと午後一打ち合わせあるから」

「あ、一人で食う?」

すかさず、別の同僚が「梁川が忙しいならたまには俺と食う?」と声をかけてきた。

「——忙しくないから間に合ってるよ。行こう、瀬上」

返事をする前に割って入った梁川に、同僚は「ガードかてえなあ」と笑って去っていく。

それを見ていた保原《ほばら》が、くっくと喉を鳴らして会話に入ってきた。

「別に、三人で食えばいいのにね。俺は一緒でもいいだろ、梁川」

「保原。……まあ、お前は。まあ」

「いや、なんで梁川が選別してんだよ⁉　俺の意見は⁉」

妥協《だきょう》したように許可を出した梁川に幹人《みきと》がそう言うと、梁川と保原は顔を見合わせて「さ、飯にすっか」と答えにならないことを言った。

言いたいことはあったが、取り敢えず三人揃《そろ》って外へ出る。

「いやでも、飯時にカタログとか見てるかもしれねえけど勘弁な」

「別にいいよそれくらい」

笑って答え、梁川とはすっかり一緒にいるのが当たり前になったなと実感する。外回り中でさえ、タイミングが合えば待ち合わせて食事をすることもあった。

廊下を歩きながら、幹人は保原に「引き継ぎのことなんだけど」と話を振る。

あまり会議をしない部署《ぶしょ》ではあるが、今回は朝一番に正式に幹人の異動の公示があったため、引き継ぎ絡みで会議が開かれたのだ。

「ああうん、大変だなあ、品証部になるんだって？　異動すんのは薄々わかってたけどまさかの部署だったな」

前世では課長が同期の保原に「同期なんだから大体わかるだろ」と有無を言わさず全部引き継がせていた。引き継ぎ書はできる限り細かく作ったし、時間を見つけては顧客に引き継ぎの旨《むね》を伝えに行っていたが、幹人も保原も大変な思いをした。

今回はそうではなく、きちんと適材適所に無理なく割り振ってくれたらしい。本当に、前世の課長と同一人物なのかと一人で戸惑っている。

「悪いな、引き継ぎちゃんとするから」

「いやいや。瀬上《せのうえ》に恥かかせないように、後続頑張るよ」

そういえば、前世でも保原は同じことを言ってくれていたのを思い出す。ブラックな環境に置かれていたはずなのに、彼はあまり今と印象が変わらない。

課長を始め他の同僚もそうなのだが、ブラック企業であることが性格形成の分岐《ぶんき》になっている者と、そうでない者がいるようだ。

——でも、変わるのが普通なんだろうな。

前世の世界でも、明るく優しくしっかり者だった大学の友人が、ブラック企業に入ったあとはいつもイライラして暗い顔をしていた、ということがあった。

——梁川は、性格としては変わらなかったのかもしれないけど、日本から脱出してたもんな。

しみじみと過去を振り返っていたら、突如《とつじょ》保原が吹き出す。

「え、なに」

「梁川がすげえ不機嫌そう」

傍《かたわ》らの梁川を見ると、確かに仏頂面《ぶっちょうづら》だった。

「なんで？　急にどうしたんだよ。俺なんか言った？」

いや、とむっつりとした顔のまま梁川が答える。保原は「ははーん」と揶揄う声を上げた。

「瀬上の引き継ぎ一個もなかったから拗《す》ねてんだろ～」

まさか、と笑い飛ばそうとしたら、じろりと睨まれた。どうやら図星だったらしく、幹人は目を瞬く。

引き継ぎの仕事がないのなんて、むしろありがたい話ではないのか。

睨む梁川に保原が「こわーい」と言って幹人の腕に自分の腕を絡めてきた。そういえば、前世でも新入社員の頃は、保原は結構スキンシップが多かったな、と思い出す。

「え、マジなの？　それはお前が営業成績トップで抱えてる仕事が多いからだろ？」

そこに幹人の引き継ぎなんてしたら死んでしまう。

梁川は「そうだけど」と不満げに呟いた。なにが不満なのかと疑問符を飛ばしていたら、ぷぷぷと保原が笑った。

「それはそうだけど、仲間はずれにされた気分なんだよ、この男はさ」

「はー？　そんなわけ……あるのかよ？」

ないだろ、と同意を求めようとしたが、不機嫌な横顔を見たらその可能性を感じてしまった。実際梁川も否定しない。

「それよりも、いつまでもくっついてんじゃねえよ」

梁川の指摘に、保原は両手をぱっとあげる。

「はいはい、俺にはパートナーもいるし、浮気はしないので邪推は無用だよ。邪推してなくてもむっとしてるんだろうけどさ」

「うるせえよ保原」

「くっついたばっかのＤｏｍ《ドム》とＳｕｂ《サブ》のお邪魔はしませんて」

保原の言葉に幹人はぎくりとする。自分たちはあくまで「便宜上のパートナー」でしかないのに。

梁川は特になんとも思っていないのか、保原とやいやいと遣《や》り取《と》りをしていて、それがまた寂しいような、腹立たしいような気持ちにさせられた。

もやもやとした気持ちを抱えたまま、会社近くの蕎麦屋《そばや》に入る。

梁川はカツ丼セット、幹人は天ざる、一番小柄《こがら》な保原が親子丼セットの大盛りを注文した。

店員がテーブルを離れるなり、梁川が宣言どおりにカタログなどの書類を取り出す。

「それって、さっき会議で言ってたスクール水着のやつ？」

「そう。諸々《もろもろ》調整中……」

もう既に梁川の頭は仕事のほうへと集中しているのだろう、返事が尻すぼみになっている。

来年度用のスクール水着の販売に向けて三重県《みえけん》のスポーツウェアの縫製《ほうせい》加工業者への生地の売り込みだ。営業先は戦後から競泳水着などを作っており、地域の小中学校の学校指定のスクール水着を生産している会社で、デザインとともに生地を新しくしたいのだという。

競合他社とのプレゼン合戦を経《へ》て梁川が契約を勝ち取り、話を詰めている最中ということだった。

「生地ってどれ使うの」

保原の問いに、梁川がうーんと腕を組んで眉根を寄せる。

「検討中《けんとうちゅう》。で、午後イチにその話し合いなんだけど……会社としては最新のがいいけど、俺としては学校系の製品は定番がいいと思うんだよなあ……」

「ああ」

「わかる」

自社製品に水着素材はいくつかある。会社としては当然新規開発の商品をバンバン売りたいところだが、それらは使用された前例がないというのにも等しい。だから、一旦《いったん》決定したら数年間そのままの製造が続く学校関連のものは耐久性や使用感などに定評のある定番製品を使いたいというのも頷ける。

仕事の話や愚痴《ぐち》などを零《こぼ》しているうちに、頼んだものがテーブルに運ばれてきた。いただきます、と三人で声を揃えたところで、保原が「あっ」と声を上げる。

「やばっ。お客さんから連絡来てる！　悪い、先に出るわ」

そう言って十分強で食事を終わらせ、保原が慌ただしく出ていった。

「あいつすげえな。大盛りを瞬時に片付けていったぞ」

「俺たちの中では一番小柄なのにな……」

幹人と梁川は、そんな保原を見送りつつ食事を続ける。

行儀悪くてすまん、と言いながら、梁川は恐らく頭の中で比較検討《けんとう》するためだろう、カタログをテーブルの上に広げた。

――……ん？

その中に、非常に見覚えのある生地があった。「エコトレジャー」という、前世では二年ほど前に発売された生地である。

非常に悪い意味でインパクトがあったので、幹人はそれをはっきりと覚えていた。

「なあ、これって」

思わずカタログに手を置いてしまった幹人に、梁川はにこっと笑う。

「ああ、今んとこそれが有力候補。新製品なんだけど、お客さん……というか、教育系方面のおえらいさんが推《お》してて」

エコトレジャーは植物由来ポリエステル繊維《せんい》を使用した、環境に配慮した素材、というのが第一の売りだった。伸びがよく、塩素への耐久性に優れており、肌ざわりもいい。紫外線遮蔽《しゃへい》率《りつ》も高く、UPF50＋という公称値を出している。そしてスクール水着には直接的にあまり関係ないが、プリントが綺麗に出ることも特長で、前世では遊泳用の水着を取り扱うメーカーなどにも積極的に売り込んだ素材だった。だが。

「……なあ、こっちの世界ってエコトレジャーでなんかトラブルってあった？」

念の為《ため》と思い、探るように訊いてみる。もしかしたら、既にそのトラブルが解決されているのかもしれない、という可能性も考えられたからだ。

梁川は他の製品のカタログから目を離し、怪訝《けげん》な表情になる。

「え？　なんで。新製品なんだからトラブルもまだねえだろうな」

そうか、と幹人ははっとする。

幹人の人事についてもそうだが、こちらの世界と前世の世界は、微妙なずれがある。製品や企画なども一年遅れていることがざらだ。その割に売上高などは前世より良好だったりするので、色々と慎重《しんちょう》かつ労働時間がブラック企業より短いことが、うまく作用しているのかもしれない。

——エコトレジャーも、今年発売なのか……。

んー……、と眉根を寄せる。

「……こっちは前の世界より会社がホワイト化してるから、大丈夫なのかもしれないけど……」

いちいちケチをつけていると思われるかもしれない、という危惧《きぐ》が働き、一瞬言い澱《よど》んでしまう。

だがこの思わせぶりな言い方もよくないか、とすぐ切り替えた。

「このエコトレジャー、前世だと……一年くらい前かな、品質管理上の不適切で問題になったんだよね」

「いや、こっちではそんな……不適切って具体的には？」

水を差すようなことを言うなと気を悪くするでもなく、梁川に前のめりで訊かれてほっと胸を撫で下ろす。

安堵しながら、幹人も少々顔を寄せて声を潜《ひそ》めた。

「まずUPF値が違った」

UPFは衣類などの紫外線防止指数を表し、数値が大きいほど紫外線からの影響を防ぐ。50+というのが最高値で、夏の太陽光の下で皮膚《ひふ》が赤くなり始める時間を約五十倍以上遅らせてくれるという数値である。

だが、実際はＵＰＦ35程度だったことが後に判明したのだ。

「あとは捲縮率《けんしゅくりつ》と熱収縮率……？　ごめん、明確には覚えてないけど、測定値の改竄《かいざん》とか捏《ねつ》造《ぞう》とかがあった、はず」

なるほど、と頷き、梁川は顎を擦《さす》る。真剣に聞いてくれたことにほっとする反面、こちらでは起きてもいない「前世」の話をしてしまいなんだか申し訳ない気持ちになった。

前世では、梁川は海外営業部にいたためこの問題には関わっていないのだ。

「……ごめん、不吉なこと言って」

謝る幹人に、梁川は不思議そうな顔をした。

「なんで謝る？　そういう可能性があるって話が得られるのはありがたいし大事なことだろ。正直、そんなこと考えたこともなかったし。上り調子のときこそ慎重にならないと危ないんだよな、ってのを今ので思い出したわ。ありがとな」

幹人が同じ立場だったら、きっとお礼なんて言えない。

前から信じているとは言ってくれていたけれど、梁川は本当に幹人の言ったことを真摯《しんし》に受け止めてくれているのだと、改めて実感した。

ただ話を合わせていただけなら、きっとこういうときに「妄想と現実を混同するなよ」と言われていたに違いなかった。

——いや、梁川ならたとえ信じてなくてもそんな言い方はしないかな。

優しいやつだから、と考えつつ黙り込んだ幹人に、梁川が意外なことを言う。

「――瀬上って、そういうとこ優しいよな」

「……え？」

「いや、俺だったら多分言えないし、そういうこと。疑われたり、ケチつけんなって怒られたりすると嫌だし、黙って経過見て、そうなったらやっぱりなって思うだけだな」

「そんなことないだろ、梁川に限って」

ぽろりとそんな本音を零《こぼ》せば、梁川は苦笑した。

「教えてくれてありがとう」

梁川の言葉に、胸の奥がふんわりとあたたかくなる。

優しいのは、梁川のほうだ。

信じてもらえている、ということが、とてもありがたく、救いになっている。この世界で不安にかられるとき、梁川が傍《そば》にいてくれるから安心できるのを、彼は想像もしていないのかもしれない。

幹人はゆるゆると頭を振った。

「前とは違うし、なにもないかもしれないけど。何事もなかったら本当にごめんな」

「ないほうがいいだろ」

対面から梁川が手を伸ばし、幹人の頬に触れてくる。優しく撫でられた瞬間に、体から力が抜けた。テーブルに手を置いて踏ん張り、梁川を軽く睨む。

「……こんなところで、さわるなよ。ばか」

赤面しながら責めた幹人に、梁川が泡を食ったように手を離した。その勢いで殆《ほとん》ど空だったコップを倒し「うわっ」と声を上げてあたふたする。

「わ、悪い、つい！」

ついってなんだよと思いつつ、梁川の慌てぶりがおかしくて笑ってしまった。


終業後自宅に戻り、ネクタイを緩《ゆる》めたのと同じタイミングで携帯電話に着信があった。顧客かと思って見てみると、梁川の名前が表示されていて目を丸くする。

——……やっぱり、なんかあったのか？

アプリでメッセージが届くことはあったけれど電話がくるのは初めてかも知れない。急いで通話ボタンを押すと、『瀬上！　俺、梁川だけど』とすぐ応答がある。その声はどこか興奮したような響きがあった。

「どうかした？」

『今日話してた生地の件！　俺、行ってみたんだよ品証部』

昼間に幹人と話していたことが気になり、あの後に、製造部と品質保証部へ出向いて念の為に確認したという。

本当に確認したんだ、と幹人は少々驚いた。

昼間はああ言ってくれて嬉しかったけれど、梁川は他にも仕事を抱《かか》えて忙しくしているし、実際に確認したり候補から外すかどうかは別だと思っていたのだ。

とはいえ今回の案件はそれなりに大きな契約でもあるし、万全を期すにこしたことはない。

『訊いてみたら、案の定だった！』

「……マジ？」

当然、最初は「問題ない」という回答だったらしい。

だが、幹人に聞いた話を織り交ぜて、客から問い合わせがあったと半《なか》ば嘘を交えてかまをかけ、突き詰めていったら測定数値の改竄を認めたそうだ。

製品の試験成績表の数値を、合格基準に改竄したり、そもそも測定せず、合格基準に足る数値を適当に当てはめたりしていたものすらあるらしい。

——やっぱり。

当たってほしくないことが、当たってしまった。

梁川の場合はまだ複数提案している生地のうちのひとつでしかないが、それでも大変なことには違いないだろう。

それに、そういう不適切事案が起きると、他の製品の検査に信頼がおけるかどうかも疑わしく、会社の信用が急落するのは否《いな》めない。

——未然に防げたのはいいけど……俺、品証部に異動すんのになー……。

梁川は恐らく幹人の名前は出していないので、幹人本人に対する嫌厭《けんえん》はないだろう。だが、これから渦中《かちゅう》の部署に行くことにはなるし、そもそも営業部とは折り合いが悪いところでもある。異動前に問題が発覚したのが、せめてもの幸いだろうか。

『新製品で、本格的な売り込みの前だったから対客ではあんまり問題はなさそうだけど、結構会社的には大事《おおごと》になるっぽい。でも、助かった！』

「ううん。助けられたかは微妙なとこだけど、よかった」

話をしながら、なんだか電話の向こう側で作業をしている音がする。

『——てことで、お客さんに説明が必要になるから、明日始発でちょっと三重まで行ってくる。バタバタして悪い、でも先に一言礼が言っておきたくて』

「いやいいよ、忙しいだろうに……そんな気、遣うなよ」

顧客が朝一番に会ってくれるのなら、資料は今夜中にまとめ直さないといけないだろう。営業プランがだいぶ変わってくるし、今回の場合は一押しではなかったにしろ有力候補として提案した生地を引っ込める理由の説明と諸問題の解説も必要だ。

「俺と電話してる場合じゃないだろうし……切るよ。気をつけてな」

『ああ、うん、ありがとう。——さっきまで実はすげえ焦ってたんだけど、瀬上の声聞けて、なんかほっとした』
それはどういう意味だろう。妙に意味深に聞こえて、赤面してしまう。
『瀬上』
耳元で、梁川の低い声が聞こえる。
プレイ中に名前を呼ばれたときのことを想像してしまい、幹人は小さく息を呑《の》んだ。
『ありがとな。おやすみ』
「お、おやすみ……」
終話ボタンをタップし、その場にへなへなとしゃがみ込む。
――別に今、あいつコマンド使ってないよな……?
それなのに、なんでこんなに腰砕《くだ》けになるんだろう。
熱を持った頬をごしごしと擦《こす》りながら、大きく溜息を吐《つ》いた。

翌日には品質保証部の管理体制の問題が社内的に通知され、併《あわ》せて外部調査委員会の設立も告げられた。

昨日梁川《やながわ》が問い合わせた当該《とうがい》製品以外にも、不適切な検査を経てしまったものが申告により複数明らかになったのだ。

不幸中の幸いは、そうした不適切事案のうち、実際に出荷され顧客の手元に渡ったものはごく一部であったこと、その一部も納入規格——顧客に対して保証する基準を外れているものが確認されなかったと判明したことだ。

これは前世の世界とは大きく違ったことのひとつである。前世の世界では、子会社を含めて何十という製品に関する数値の改竄が認められた。

とはいえ、今のところは内部調査と品質保証部の自己申告によるもののみなので、これから一年ほどをかけて調査と再発防止が進められていくこととなる。


「——こんなときに、とんだ貧乏くじだったね。お互い」

異動初日、顔合わせのミーティングが終わってすぐ、笑顔で幹人にそう言ったのは新しく品質保証部の課長職に就いた大泉悠一《おおいずみゆういち》だった。目線は幹人よりも少し上、中肉中背の優しげな顔をした男性だ。

会議室を出て、なんとなく二人並んで歩くことになったので声をかけてくれたのだろう。

「本当に、そうですね。異動直前にまさかの、という感じで……」

幸いなことにその騒動のきっかけが幹人の指摘にあるということは知られていない。大泉は「本当にねえ」と穏やかに笑った。

この秋の人事異動により新たに品質保証部へ異動となったのは、部長と、課長の大泉、そして幹人の三人である。

今年四十三歳だという大泉と顔を合わせた瞬間、幹人が真っ先に思ったのは「誰？」である。大泉は、前世にはいなかった——正確に言えば、品質保証部にはいなかった人物だった。前世では幹人だけが異動したし、その際の上司は今回のトラブルが起きた際に課長職を務めていた人物である。

なお、異動初日には前課長と前部長は以前からの予定通り子会社へと異動になっていたが、今回の不正発覚により通常業務に加えて調査協力のためにしばらくはこちらと新天地とを行き来することが決まっている。

彼らが責任を取るためだ。

——前世と、だいぶ違ってる……？

不躾《ぶしつけ》にじっと見つめてしまった幹人に、大泉はにこっと笑って手を差し出してきた。もう一方の手首には、腕時計の他にリストバンドが嵌《は》められている。

——この人も、Ｄｏｍ《ドム》か。

「改めまして、さっきも自己紹介で言ったけど、開発部から来ました大泉です。新人同士よろしく」

「あっ……、こ、こちらこそよろしくお願いします。営業部から異動になりました、瀬上《せのうえ》です」

リストバンドを凝視《ぎょうし》してしまっていたことに気づき、差し出された手を慌ててとって握手する。

「貧乏くじというか、そのために僕らが異動したようなものだから、諦《あきら》めよう」

「そのため……？」

それは一体どういう意味だろう。

首を傾げた幹人に、大泉はすぐに答えをくれた。

「内部調査で、多少この部署の実態は把握《はあく》されてたってことだね」

「実態っていうのは……」

「ざっくり言うと、労働環境の悪さと検査体制の不備」

労働環境、という言葉には思い当たる節があってぎくりとする。

前世の世界ほどではないにしろ、このホワイト企業においてさえ、品質保証部は似たような環境であったことは間違いなかった。

営業部の課長の性格が環境によって変わっていた一方で、品質保証部の元上長二人はブラックでもホワイトでも根本的に変わりがないのかもしれない。そういうこともあるのだ。

内部調査で報告をされていたため、大きな問題が起こる前に体制を刷新《さっしん》したい、という狙《ねら》いでの人事異動だったようだが、その前に鼻の差で抱えていた問題が露見《ろけん》してしまった。

「なにより、管理職の承認が義務付けられていないっていうのも体制としては問題だよね」

「それは本当に、そうですよね」

前世でも思っていたことだったので、つい勢いよく頷いてしまった。そのため、規格から外れていたとしても担当者の独断で検査証明書の数値の修正が可能であったのだ。今回の件を受けて、試験成績表に対してのクロスチェックが義務付けられることとなった。

「でも、こんな言い方したら悪いけど、着任直前でわかってよかったよ。謝るのは新しく来た僕らの仕事だけどね。流石《さすが》に新任地でのトラブルは把握《はあく》するのに時間がかかるし」

今回は異動直前でのトラブル発生だったため、前上長は否応《いやおう》なく事後処理に駆り出される。実際のところ、逃げ得な場面は多い。前世でも改竄の問題が発覚した際、矢面《やおもて》に立ったのは発覚直前に着任したばかりの部長だった。本当に責任があるはずの、不正時に部長職だった人物は、監督義務違反が認められず異動先で素知らぬ顔をしていたという。

しゃべっているうちに品質保証部へと到着し、幹人は新しく与えられた席に腰を下ろした。前世と同じ席だったので、まったく初めての気はせずむしろ懐かしさまで感じる。

大泉も上座のデスクに着席し、「みんなぁ」とのんびり声を上げた。

「ばたばたと忙しい日が続くと思うけど、頑張ろう。まあでもピンチはチャンスと言うし、これを利用していけばいいね」

「利用、ですか?」

誰かが上げた声に、そう、と大泉が頷く。

「今なら製造部に対しても『こういう問題があったので、ちゃんとやってもらわないと困る』と不合格品を突っぱねやすいだろう? もっとも、僕らが言わなくても最初はやっぱりあちらもおとなしいと思うけど……身内の恥ではあるけれど、これはどんどん使っていこう」

そもそもの原因は、製造部や営業部との連携《れんけい》の悪さにもある。今の世界でのことではないけれど、幹人にも身に覚えがあった。そのあたりの事情を、開発部にいた大泉は既に承知しているらしい。

数値が合わないのは検査方法が悪いに決まっている、と怒鳴られて強く出られない者が品質保証部には多かったのだ。製造しなおすための材料の準備は当然大変だし、納期が遅れることはあってはならない。だから製造部の語調も強くなる。そして今までその主張でわかりましたとあっさり引っ込み、数値を改竄することで合わせてきたという品質保証部の過去の積み重ねが、製造部にそんな科白を言わせていたのだろうと今は思えた。

「じゃあ、改めてよろしくね」

よろしくおねがいします、と幹人を含めて他の面々も声に出す。まともそうな上司でよかった、と思いながらぺこりと頭を下げた。

前世では一年の勤務経験があって多少慣れていたつもりだったが、やはり移ったばかりの部署では気疲れもするし、覚えることも多い。

なにより検査結果の改竄という大事が明るみに出たこともあり、とにかくどの部署もバタバタしていて大変だったのだ。

営業部での送別会と、品質保証部での歓迎会が行われ、一日、一週間とあっという間に過ぎ、気づけば十月になっていた。

「つっかれた……！」

梁川《やながわ》の自宅マンションのドアが開いての幹人の第一声に、玄関先に出迎えた梁川が笑う。

「お疲れ、瀬上《せのうえ》」

久しぶりにまともに見る梁川に、疲れがほんの少し緩和《かんわ》する気がした。彼も少々お疲れ気味の顔をしているが、相変わらずの男前だ。

「おじゃまします」

無意識に顔が笑ってしまいながらそう言うと、梁川は「どうぞ」と室内へと促《うなが》してくれた。

検査結果の改竄が発覚するきっかけとなった梁川も勿論大変で、一ヵ月まともに会えずにいたのは双方が多忙を極めていたせいでもある。

それに、営業部のおかれる本社と製造部や品質保証部、開発部の研究室がある事業所は、物理的に距離があった。

元々社内でプレイをすること自体がなかったものの、電車で一時間程度とはいえ勤務地が離れたことでいつでも顔が見られなくなったのが辛《つら》い。

それはパートナーとしてのプレイができるかできないか、というより、前までは毎日当たり前のように会えていた相手の顔が勤務先で見られなくなった、という幹人《みきと》個人の問題だったが。

「ビールと、あと食うもん色々買ってきた～」

「おー、ありがと」

二人でリビングに移動し、買い物袋をテーブルの上に置く。梁川はソファに腰を下ろした。

「瀬上。『おすわり』」

息を吐いたタイミングで梁川がコマンドを使用する。

「はー……疲れた……」

よろよろしながら、幹人は梁川の足元にぺたりと座り込んだ。たったそれだけで、日々の疲労がほんの少し和《やわ》らぐ。

『よしよし、いい子だな』

梁川の手が、幹人の頬を優しく包んで撫でてくれる。ほわぁ、と情けない声が口から漏れた。

「きもちぃ……」

思わずそんな言葉をこぼしたら、梁川の手がぴくりと動いた。無意識に閉じていた目を開くと、梁川が苦笑している。

「素直に言うなぁと思ってさ」

「だって気持ちいいからさー。……あーやっぱスマホ越しとは違うなぁ」

「まあ……それは俺も同意するけど」

梁川は今月、あちこちに出張に行っていることが多かったため、プレイは携帯電話越しに行っていた。それに加えてお互いに抑制剤を服用したりしてなんとか乗り切ったが、やはり機械越しではない肉声のコマンドと、直接素肌で触れ合うことに勝るものはない。

髪や頬、首元などをわしゃわしゃと梁川に触れられて、目を細める。梁川も取り敢えずDom《ドム》としての補給が一時満たされたのか、ふうと溜息を吐いた。

「梁川も今月はお疲れ様だったな、どう、大丈夫そう?」

流石に営業部の進捗《しんちょく》の方まではもうわからない。結局、提案する製品が駄目になったのは大丈夫だったのだろうか。

「ああ、もともとあの製品は上からのゴリ押しだったから、生地の提案を引っ込めたこと自体は大丈夫。定番生地と、最新の検査結果を揃えて出したら割とすんなり行った」

「そっか、ならよかった」

梁川の口からはっきりと聞けたので幹人は胸を撫で下ろす。

「それに、トラブルの後の新しい仕事って細心の注意を払って丁寧になるからかえって安心できる、とか言ってもらって」

「あー、そりゃ、いい取引先だわ」

本音半分、気遣い半分、でもちゃんと取引は続けるよ、と明言してくれたのと同義だ。顧客がおそらくいい人だというのもあるだろうけれど、梁川の仕事を認めてくれているのに違いない。

「でも他のところでは、別の生地は大丈夫なの？　って感じで信用落ちてたから、その説明とかであちこち行く羽目にはなった」

「うわー……まあ、そりゃそうかぁ」

取り引き先と営業部員との信頼関係も大きく関わってくる話だ。

幹人の担当先を引き継いだばかりの営業部員は大変に違いない。

「とりあえずは、お陰様でどこもなんとかなりそう。ただ、一番こたえたのは営業部に帰っても瀬上に会えなかったのがなー……しんどかった」

はー、と大きく溜息を吐いて、梁川がわしわしと幹人を撫でてくる。されるがままになりながら、幹人は唇を引き結んだ。

——なんか……さらっととんでもない科白を言われた気がする……。

それとも、自分が深い意味に捉《とら》えすぎているんだろうか。

撫で方もどちらかといえばペット相手のような感じだし、やはり幹人が過剰《かじょう》に考えすぎなのかもしれない。

——でも、だってさ。そんなに、俺に会いたかった、みたいなこと。

幹人も同じことを思っていたので、気恥ずかしい気持ちになる。しかも照れているのが自分だけで、梁川があまり深い意図もなさそうに言っているのでますます恥ずかしい。

こちらの世界で目が覚めて、まだ三ヵ月も経っていないのに、親友の保原《ほばら》よりも一緒にいるのがすっかり当たり前になってしまった。

「あはは……」

突き上がるように湧いてきた羞恥心《しゅうちしん》を誤魔化すために笑う。笑うなよ、と梁川が拗《す》ねたような声を出し、人差し指で呼ぶ仕草をした。

『こっち来い、瀬上』

「……っ」

いつもよりちょっと乱暴な口調のコマンドだが、その少し強引な感じに背筋がぞくっとする。

——……これがＳｕｂ《サブ》の性とはいえ、俺、前世は本当にＳ寄りだったんだぞ。本当に、本当なんだからな。

誰にするでもない言い訳を胸中でして、幹人は呼ばれるままに梁川の膝の上に乗る。その瞬間、どちらからともなく腹の虫が鳴った。

「俺たち気が合うな」

そんな感想を言ったら、梁川が思い切り笑った。

「マジですっげえタイミングだったな……とりあえず飯にする？」

そうしよう、と一旦膝から降りたが、背後から伸びてきた手に阻《はば》まれた。

「わ……っ」

バランスを崩しかけたところを、梁川に抱き寄せられる。背中を預ける格好で、梁川の膝の上に乗せられていた。

「梁川」

「腹も減ったけど、プレイしないのも限界。食べさせさせさせて」

「たべさせさせ？」

なんちゅう日本語だ、と困惑していたら、背後の梁川がテーブルの上の袋をがさがさと探る。コンビニで買ってきた、串《くし》に刺さった唐揚《からあ》げを手にとって、梁川が幹人の口元へと運んだ。

「はい、あーん」

「ええ……？」

あーん、とされたのはもう何度もあるけれど、この体勢でするのは初めてかもしれない。

「なんか二人羽織みてえだな、これ」

「いいから口開けろよ」

エロいのだかそうでないのだかわからない命令をされて、戸惑いながら口を開ける。口元に近づけられた唐揚げをひとつ食《は》んだ。

「うまいか？」

「んー、まあ……」

もぐもぐと咀嚼しながら頷く。飲み込んだタイミングでまたひとつ食べさせられた。

じいっと梁川が注視してくる。当初はそれが落ち着かなかったが、慣れとは怖いもので今は心地よくさえ感じていた。

咀嚼していたら、再び梁川の腹の音が聞こえてくる。梁川の視線が、幹人の口元から唐揚げの串へと移った。

「なあ、唐揚げ俺も食っていい？」

「いや食えよ。つうか、取り敢えず空腹紛《まぎ》れるまでは普通に食事しねえ？」

建設的な提案を「無理」の一言で却下《きゃっか》して、梁川が串に残っていた唐揚げを食べる。

「なー、俺ビール飲みたいんだけど」

「おー、ちょっと待って」

左腕で幹人の体をがっちりホールドしたまま、梁川は袋からビールを取り出した。片手で器用にプルタブを開けて、幹人の口元へ運んでくる。

唇に触れるより先に、幹人は掌でガードした。「えっ」と驚いたような声が梁川から上がる。

「いや飲み物は流石に自分で飲みたい。単純に飲みづれえよ」

「ええー……一口だけ！　一口だけでいいから頼む！」

なにをそんなに必死になることがあるのか。Ｄｏｍなのだから、コマンドを使ってしまえば幹人に頼まずとも希望を通すことは容易《たやす》い。

けれど梁川はそうはせず、ただ「お願い」する。それはＤｏｍだからというよりは、きっと梁川の性格なのだ。そういうところが、梁川に好感が持てるところのひとつだと思う。

しっこく懇願《こんがん》されて、一口だけならと渋々折れた。嬉しげに、梁川は幹人の唇に缶を押し当ててくる。

片腕に抱かれ、顔を覗き込まれながら飲ませられ、なんだか介護というか、赤ん坊のミルクみたいだなあと、「プレイ」に対するものとはまったく別種の羞恥心《しゅうちしん》が湧いた。

一口飲んだだけで梁川が嬉しそうな顔をするのがまた、なんと言ったらよいのかわからない気分になる。

「……はい、飲んだ。あとは普通に飲むから缶を寄越せ」

要望通り一口飲んで、すぐに梁川から缶を奪った。梁川は「えー」と不満げな声を上げながらも、渋々言うことを聞いてくれる。

「なあ、瀬上。流石にこれだと食いづらいから、下りて食わねえ？」

「……だからさっきからそう言ってんだろ」

なんで突然、自分が口火を切ったような言い方をするんだと呆れながら返す。

「そうだよな。じゃあ」

「え？　――わっ」

だが梁川の言う「下りる」は、幹人が梁川の膝からという意味ではなく、二人でソファから、という意味だったようだ。

梁川は幹人を抱いたままソファの足元、ラグに腰を下ろした。不意打ちの行動に、びっくりして抱きついてしまった。

慌てて手を離すと、梁川はにやにやと笑っている。

――こいつ……。

なんだか指摘するのも疲れて、幹人は開き直って梁川を人間座椅子にすることに決めた。何事もなかったかのように、遅めの夕飯が始まる。

正面にある大きなテレビで流れるバラエティ番組を見るともなしに眺めながら、会えていなかった間の近況報告などをお互いにぽつぽつとしゃべった。

「知ってる？　今回の件で株価にあんまり影響でてないらしい」

「それもあってお客さんの反応が悪くなってねえのかも」

「あー、なるほどな」

まだ外部からの調査は始まったばかりだが、不適切な検査を行っていたのが特定の社員だったという事実もあって、大打撃というほどの影響がないのは、梁川の言うとおり幸いなことだった。

前世ではもっと大事になった記憶がある。けれどそれも喉元過ぎれば、で幹人が異動したころには更に品質保証部の労働環境は悪化していた。自分が死んだあと、一体どうなったのか、想像するとなかなか恐ろしい。

「俺より大変そうなやつは毎日『なんで品証部のやつらが懲戒《ちょうかい》処分されねえんだ！』とかブチ切れててむしろそれ宥《なだ》めるのが大変」

「あー……それなー……難しいらしいね」

懲戒処分というのは非常に面倒で、たとえば数億円の横領だとか、人を殺《あや》めてしまっただとか、とてもわかりやすい犯罪行為があった場合はともかく、処分すると会社側が訴えられるリスクが高いのであまり行われない。

それに上長の場合などは、上長本人に義務違反がないと処分の対象にはならない。そんな事情もあって前世では全くのお咎《とが》めなしだった前の上長は、今回こちらの世界ではきっちり責任を取らされているようである。

「瀬上のほうも大変そうだけど。はい、あーん」

話しかけといて食わすな、と思いつつ素直に口を開ける。おつまみのジャイアントコーンだった。

「そうだなー。上司がホワイトっていうアドバンテージと前世の記憶がありつつ、やっぱ大変なことには変わりない」

入社以来営業部だったという幹人に対して同僚たちは当初警戒していた。そんな中、理系の大学にいたから、なんだか慣れてて勘がいいねと先輩社員から褒《ほ》められたのはありがたかった。

「ホワイト上司なんだな」

「うん、大泉《おおいずみ》さんって人が課長になったんだけど、あの人マジで仕事ができる」

なによりメンタルの安定ぶりがすごい。開発部にいたというだけあって商品知識もとてつもなく豊富だし、営業部にいたと言われても不思議じゃないくらいコミュニケーション能力が高く、同僚たち全員に目配りできている。

「自分だって品証部は初めてなはずなのに、もう的確な指示が出せるんだよ」

「ふーん……」

「製造とか営業との話し合いでも率先して間に入ってくれるし」

以前の品質保証部が押し負けていた理由はそこにもあり、前課長や前部長が全部部下に任せて逃げ回っていたのだ。

けれど大泉は、ここぞというときに出ていって、製造部や営業部ときっちり話をつけてきてくれる。勿論現場対応時は大泉に任せきりではなく、担当の部下を連れて話し合いに臨んでくれるのだ。

「この間も、俺が担当した案件で製造部とちょっとうまくいかなかったときがあって、そしたらまだ報告しないうちからすぐに気づいてくれてさ」

「ふーん……」

一緒に製造部に行くことを提案されたのはありがたかったが、本当はひとりで頑張るべきだと思ったので躊躇していたら、それさえも見抜いて「お互いにまだ配属されたばかりだし、一緒に経験値を積んでいこう」と導いてくれた。

笑顔で誠実に話し合おうとする物腰柔らかな大泉に、製造部の責任者は少々やりにくそうな顔をしていた。すぐに上が出てくんのかよ、とでも言いたげだったが、最終的にはどちらが譲《ゆず》るということでもなく、上手《うま》くまとまったのだ。

「俺も営業部だし交渉には自信あったけど、ああはいかないもんな」

「……ふーん」

話は聞いてくれているようなのだが、気のない、というか少々機嫌の悪そうな梁川に内心首を傾げる。

「それと、愛妻家でもあって、奥さんがダイナミクスとしてのパートナーでもあるんだって」

「まあ、そうなるのが大半だしな」

「奥さんとお子さんに会いたいからって、ほとんど定時であがるんだよ。部下をさくっと帰してくれるためでもあるんだろうけど、仕事ができて家庭人って、なんかいいよなぁ」

前世ではあまり考えたことがなかったが、最近は大泉を見ていてそう思うようになった。

不意に、幹人の腹のあたりを抱いていた梁川の手に力がこもる。

「保原もそういうタイプかなー。あいつも物腰柔らかめで優しい気遣い屋だから、同じ感じになりそう。俺に対してもなんか過保護だったしさ」

前世から、折に触れて友人である幹人を心配してくれていたとは思うが、Ｓｕｂである幹人に対しては部署異動するまで更に気を遣ってくれていた。

「……俺だって」

「うん？」

「……俺だって家庭を持ったら、そういうタイプだと思うけど」

低く呟かれた言葉に、首を捻《ひね》る。

「そうかな？　そうかも？　まあでも梁川は営業だし、トップだし、それよりバリバリやったほうがいいんじゃねえ？」

確かに家庭人になりそうな雰囲気はあるが、営業成績トップなのだから、走れるときは突っ走ったほうがいいに決まっている。

そんな一般論的なことを言ったら、大きく溜息を吐かれた。

「なんだよ」

「……別になんでもねぇよ」

「でもさ、前世で大泉さんを見た覚えがないいんだよな……」

あれだけ仕事ができるなら、見知っていてもいいと思う。

先日は思わず、ヘッドハンティングでよそから来たんですかと訊いてしまった。大泉は「俺は新卒でこの会社入ったよ、なんで?」と笑っていたけれど。

——前世の開発部に、あの人いたかな……?

それほど出入りしていた部署ではなかったが、幹人の記憶にはない。勿論品質保証部にもいなかった。この世界に来て初めての登場人物である。もしかしたらブラックな会社に見切りを付けて退社していたのかもしれない。

うーむ、と考え込んでいたら、梁川が相槌《あいづち》すら打っていないことに気づいた。

「梁川?」

肩越しに振り返ると、彼はあからさまに不機嫌そうな顔をしていた。

面食らって「どうしたんだよ」と問うと、幹人を抱きしめる腕にぎゅっと力が入れられる。

だがなにも言わない。

「なんだよ、俺が課長の話ばっかしてるから妬《や》いてんのか~?」

勿論冗談で、馬鹿な質問を投げる。

だが梁川はむっつりとした表情のまま「そうだよ」と言った。

「へっ」

「そうだよ、悪いか」

——そうだよ悪いかって……ええ？

そもそもこちらに話を振ったのは梁川のほうでは。

それなのに、幹人が大泉の話ばかりを楽しそうにするから、やきもちを焼いたのだという。

——なんだよそれ……。

子供じゃないんだから、と笑い飛ばせばよかったのに、赤面してしまう。

黙り込んだ幹人を、今度は梁川のほうが不審に思ったらしくちらりと視線だけを寄越した。

そして、幹人の顔を二度見すると、ゆっくりと頬に触れてくる。

——梁川の顔、近い。

あれ、とゆっくり瞬《まばた》きをした瞬間——額に激痛が走った。

「いっ……てえええええ！」

お互いに額を押さえて呻《うめ》く。

「俺はともかく、なんで仕掛けたお前まで痛がってんだよ！」

「痛えよ、この石頭！」

何故こちらが文句を言われなければならないのだとわなわな震えていると、額をさすりながら梁川が意地悪そうに笑った。

「なんかデレデレしただらしない顔してるから、気合い入れてやろうと思ったのに、石頭すぎるのは誤算だったわ……ああ痛え」

「貴様……殺す……」

ばしばしと叩くと、梁川が笑いながらよけた。

一瞬キスされるかと思って、胸を高鳴らせてしまったことが恥ずかしくて死にたくなる。ばれてない、とほっとするのと同時に、少し泣きたい気分になった。梁川は幹人のことを恋愛対象として見ていないと、こんな形で思い知る。

デレデレしただらしない顔、と言われてどきりとした。梁川は多分、幹人が大泉を褒めたことを指して言っているのだろうが、自分がもしそんな顔をしていたとしたら、それは梁川がやきもちを焼いたと言ったからだ。

ひどく落ち込んだけれど、梁川《やながわ》のリアクションによって変にぎくしゃくしなかったのはとてもありがたかった。

あれ以降も時間が合えば頻繁《ひんぱん》に食事をしたり、プレイをしたり、遊んだりしている。梁川も特に変わった様子はないし、自分も前と同じように過ごせてほっとした。

月中に差し掛かった水曜日、昼休憩を告げるチャイムとともに幹人《みきと》は伸びをする。同僚の中《なか》岩《いわ》から「お疲れ」と声をかけられた。

中岩は同い年で、中途入社で一昨年頃に入った男だ。前世の品質保証部にはいなかった人物の一人でもある。もとは、畑違いのジャンルで研究職をしていたそうだ。彼はカラーもリストバンドもしていない。

「予定がないならメシ一緒に行かない？」

「是非《ぜひ》に」と頷く。全員がそうというわけではないが、部内で食事に行ったり飲みに行ったりすることが多いのは、前世と変わらない。ただひとつ違うのは、今回は幹人もかなりの頻度《ひんど》で誘われる、ということだ。

「高原《たかはら》さんも行きます？」

向かいの席の高原に声をかけると、彼は眼鏡《めがね》の奥の瞳をしょぼしょぼと瞬かせながら「いや、あとでいく」と答えた。

「ちょっと午後までにやっときたいことがあるから」

「そうですか。じゃあ、お先にお昼行ってきます」

おお、と高原は手を振った。

中岩と二人で会社近くのファミリーレストランへ移動した。

昼食を取りながら、話すのは自然と仕事に関係することになる。ビーフシチューオムライスを食べながら「そういえばさ」と中岩が口を開いた。

「高原さん、ここんとこ製造部でもめてるんだって」

「へ、なんで?」

「なんかそもそもは、同期入社で折り合いの悪い人がいるらしい」

寄ると触ると言い合いになっているそうだ。意外な話で、幹人は思わず目を丸くしてしまった。

「すげえ好戦的なんだな、高原さん」

「ね、結構おとなしそうな顔してんのに」

意外、と二人で声を揃える。中岩相手には言えないが、意外だと思う要因は、幹人にとってはもうひとつある。

——だから前世だと俺に丸投げしてたのかな。

正直なところ、前世の高原のことはあまり印象にない。少なくとも、イライラしながら元気に製造部に向かうタイプではなかった。彼からは「じゃあ、あとよろしく」という科白をよく聞いた気がする。

「品証部って他とうまく折衝《せっしょう》してなんぼみたいなとこあるし、強気の外交は難しいよな」

営業部時代は製造部などからの品証部に対しての愚痴《ぐち》も聞いていたし、気分は殆ど板挟《いたばさ》みだ。

うんうん、と中岩も大きく頷く。

「いやほんと。覚悟してたけど、『お前らは作ったもんにダメ出しするだけで楽でいいよな！』って言われると『楽じゃねえよ！』って返したくなるわ」

好戦的な中岩の言葉に、小さく笑う。言いたいのはやまやまだが、そんな直截《ちょくせつ》な科白で返せないのが辛《つら》いところだ。

とはいえ、誰か一人が——今は自分だけが仕事を丸投げされるということもないし、こうして愚痴を言い合えるので、前世よりはだいぶ身も心も楽には違いない。

食事も終わりに差し掛かった頃、梁川からメッセージが届いていた。

もう飯食い終わったよな？

そんな問いかけにそろそろ終わる、と返したら、ひどく落胆《らくたん》したことをアピールするキャラクターのスタンプが送られてくる。思わず笑うと、中岩に「パートナー？」と訊かれた。

「あ、うん」

梁川と幹人がパートナーになったことは営業部以外にも知られている。成績優秀者の営業社員というのは、そこそこ他部署にも知られた存在のようだった。

「それで思い出したんだけど、高原さんってＤｏｍ《ドム》じゃん。高原さんと犬猿の仲の製造部の人もＤｏｍなんだって」

「え、そうなんだ？」

「そ。手首にリストバンドあるって。Ｄｏｍ同士ってたまに暴走するから怖いんだよな〜……俺はUsual《ユージュアル》だからまだいいけど、瀬上《せのうえ》は気をつけろよ」

「あ、うん。ありがと」

気をつけろと言われても具体的にどうすればいいかはわからないのだが、頷いておく。

食事を終えて中岩とともに品質保証部へ戻ると、高原が部内に戻ってきた様子はまだなかった。

「……あれ、高原さんは？」

部内にほとんど人は戻っていたが、彼の姿がない。中岩も「あれ？　そういえば」と首を傾げた。

「タバコ休憩とかかな」

「高原さんってタバコ吸うっけ」

品質保証部には喫煙者が複数人いるが、高原がそうだったかは覚えていない。

「ここんとこ製造部によく行ってるし、ストレス溜まっててんじゃないの」

「あー……そういうときたまーに吸う人いるって言うもんな」

「まーでも現実的に考えると、なんかやっときたいことあるって言ってたし、単に昼がずれたのかもな」

営業部のような外回りはないものの、品質保証部員は他部署に出向く機会が頻繁《ひんぱん》にあるため席を外していること自体は珍しくない。

だから彼が戻ってこなくても、特段、誰も気にすることなく午後の業務についた。

「結局戻ってこなかったな、高原さん」

終業時刻になっても、高原は戻ってこなかった。時計を見ながら言った幹人に、中岩も「だなー」と賛同する。

「どっかで会議してんじゃないの？ 会議っていうか製造部への説明だろうけど」

今回の人事異動で上司がすげ替えられたことに伴って、製造部や営業部が納得しなかったら話し合いの場を持て、と会社からお達しが出ている。勿論、それで品質保証部のほうが納得して引き下がることもあるが、前のようにほとんど相手の言いなりになる者はいない。

「そのうち戻ってくるでしょ。――じゃ、おつかれ。瀬上もさっさと仕事切り上げて帰れよ～」

「んー。おつかれ」

社員は繁忙期《はんぼうき》以外、終業時間とほぼ同時に帰宅するように言われている。それが建前じゃないのだ。

――ダイナミクスよりも、そこが一番異世界だな……。

そんな悲しい現実を見つめつつ、パソコンの電源を落として携帯電話を手に取る。梁川からメッセージが来ていた。

今日の帰り、一緒に飯食わない？

ＯＫ、と返そうとしたのとほぼ同じタイミングで、内線が鳴った。

「はい、品質保証部です」

内線は製造部からで、女性社員が少し焦った様子で「大泉《おおいずみ》課長はいますか？」と訊いてくる。ちらりとデスクに目を向けたが、大泉の姿はない。

いつもは定時を過ぎたら社員に帰るよう急き立《せ　た》てる人なのだが、今日は子供のお迎え当番の日らしく、早く帰るように！　と皆に言って慌ただしく帰っていった。

「いえ、今日はもう帰られて……なにかありましたか？」

実はちょっとトラブルがあって、すぐ来て欲しいんですけど、と女性社員が訴えかけてくる。

ひとまず了承して、受話器を置いた。

「なんか製造部であったみたいだから、俺ちょっと行ってきます」

そう宣言して立ち上がると、残っていた同僚が「え？」と声を上げる。

「え、なんかってなに？」

問われて、幹人は首を傾げた。

「それが、具体的には聞いていないんですけど、とにかく急いできてくれって。もし、まだ残ってるようでしたら、誰か上の人戻ってきたら製造部に来るようお願いしといてくれます？」

「あ、うん、了解。でも俺もそろそろ帰るけど」

「帰るまででいいです。俺もこのまま帰ろうと思うんで。じゃあ、行ってきます」

そう言いつつ鞄《かばん》を手にして、先程の梁川の誘いに返事を打つ。

行きたい。でも、製造部に用事があるから、少し遅れるかも。店決めたら連絡入れといて。

そう返してから、幹人は急いで製造部に向かう。製造部とはオフィスというよりは工場全体のことを指すので、取り敢えずは事務棟に走った。

事務棟に着いてから先程の女性社員にどこへ向かえばいいのか訊こう、と思っていたが、行ってみてすぐにトラブルの正体がわかった。

——おいー……うっそだろー……。

事務棟の外にまで、男たちの言い争う声が聞こえてくる。

製造部の人間は、長らく工場の作業音にさらされるせいで地声が大声になりやすい。話し合いをしていると次第に怒鳴る者が現れ、怒鳴られた製造部員が怒り、最終的には怒鳴り合いになるということがままあった。

今回も同じかどうかはわからないが、少なくとも男性同士が大声で怒鳴り合っているのは確かだ。

——高原さん……なにしてんすか……。

争いの渦中にいたのは高原で、リストバンドをつけた製造部の社員とやりあっている。その男性社員は古川《ふるかわ》といい、幹人も面識のある相手だった。彼が件《くだん》の、折り合いの悪いという同期だろうか。そしてそこに、スーツ姿の営業部員と思われる社員も立っている。

その営業部員も冷静かというとそうでもなく、つまり製造部、営業部、品質保証部の三つ巴《みつどもえ》状態だった。

「あの……製造部の上の方は」

頬を引きつらせつつ、おろおろしている女性社員に質問してみる。

「午前中から開発部の研究室に行ってて……」

そして他の製造部員は、忙しいし関わり合いになりたくないとばかりに出てこないのだそうだ。

――……まあ、製造部だってイライラが溜まってきてる頃だもんなあ。

データの改竄をしたのは品質保証部だが、その一因となったのが製造部でもあった。つまり製造部も無傷ではない。

「それに、もう業務に関係する言い争いとも言い難《がた》くて……」

「確かに……そうですね」

先程から漏れ聞こえる会話の内容は、一応、製造部や品質保証部のありかたについて、と言えなくもないが、「お前は昔からそういうやつだった」とか「あの子が俺になびいたのはお前がＤｏｍとして劣《おと》ってたから」とか、ほとんど個人の感情による言い合いというか、悪口合戦である。

正直なところ、子供同士の口喧嘩《くちげんか》のような情けない現場に割って入りたくない。

「……放っておいたらどうですか、怒られるのはどうせこの人たちですし」

思わずそんな提案をしたら、女性社員はそんな殺生《せっしょう》などとでも言いたげな顔をした。

「それもそうなんですけど……」

「まあそういうわけにもいかないですよね、みっともないし。終業時間は過ぎてるし」

そうなんです、と女性社員も頷く。

今はまだ大丈夫とはいえ、これから来客がないとも限らない。会社の終業時間は過ぎているが、工場自体は三交代制で二十四時間稼働《かどう》している。

製造部の工場には外部の人間も出入りするので、社員のみっともない姿を晒《さら》すのも忍びないものだ。

正直、呼ばれるままに来てしまったことを幹人は後悔していた。

――そうだよなー……だからわざわざ大泉課長ご指名だったんだし……。

製造部の課長などが出払っているから、他の部署の上長に助けを求めたのだろう。電話を取ったのが運の尽きだ。

嫌だなあ、と思いながら、幹人は作り笑いを浮かべて争いの渦中へ飛び込む。

「――高原さん！」

名前を呼ばれて、高原はハッとした様子でこちらを振り返った。

「……瀬上」

「もう終業時間過ぎてますよ。あ、どうも」

対面にいた製造部員の古川にも会釈《えしゃく》をする。

第三者の乱入により、二人とも少々バツの悪そうな顔をして口を噤む。二人がクールダウンしたのを見て取って、幹人は内心胸を撫で下ろした。このまま高原を引きずって、この場をお開きにすべく、努めて明るく声をかける。

「今日はもうこんな時間になっちゃいましたし、まとまらない感じだったら、一回持って帰りましょうか？」

元々巻き込まれただけだったらしい営業部員は、幹人の科白を受けてこれ幸いとばかりに離れていく。だが高原は引いたほうが負けだと思っているのか、幹人の提案に納得しかねる、といった不満げな表情になった。

——ええー？　いや、ここは引けよ！

こうなったらいっそ強引に高原の腕を引いて退場してしまおう。

そう思った矢先に、古川のほうが余計な口を叩いた。

「おう、持って帰れ。そんで二度と持ってくんな」

へっ、と鼻で笑った古川に、一度はクールダウンした高原の頭に血が上るのが傍《はた》で見ていてもわかった。

「高原さん、まずは一旦」

「――持って帰れじゃねえよ、駄目なもんは駄目だっつってんだろ。やり直せよ」

「はあ？　てめえなんだその口の利き方」

「おまえこそ、なんだその口の利き方は」

高原は部内では割と物静かで大人しめなタイプだと認識していたので、突然の血の気の多さに驚いて、幹人は思わず半歩下がってしまった。

遠巻きに見ていた女性社員のほうを見ると、恐らくずっとこの繰り返しなのだろう、首を横に振った。

「あの、二人ともいい加減に――」

「大体、こっちはお前らみたいに楽な仕事じゃねえんだよ、そっちでどうにかしろや」

「それでトラブルになったのをもう忘れたのか？　駄目なもんは駄目なんだよ」

「お前ら品証部はたまに来て文句言う楽な仕事でいいな。お前らの手柄のためになんで俺らが余計な仕事しないといけねえんだ」

「まだ手柄とか言ってんのかよ、バカじゃねえの」

仲裁しようにも、二人が立て板に水のごとくしゃべるもので、なかなか口を挟む隙がない。

「品証部なんて、仕事してますアピールのためにわざと駄目だとか言ってんだろ。こっちは毎日忙しいのに、お前らの気まぐれな仕事ごっこに付き合ってられっかよ」

それは流石に誤解がすぎる。だが、そう陰口を叩かれているのも知っていた。

「馬鹿だ馬鹿だとは思ってたが、マジで馬鹿だな」

「ああ⁉」

「うるっせ……お前がそうやって大声で怒鳴り散らすから会議室を追い出されたんだぞ」

「それはお前もだろうが！」

「大体、お前らこそ、俺ら品証部がＯＫ出さなきゃ延々無駄な仕事する羽目になるんだから
な？　それで間に合わなくて営業に文句言われてもこっちは知らねえんだよ」

「た、高原さん！」

それはまずい、と再び割って入る。先程からなにもかもがまずいが。

「どっちが、とかないですから。あの、古川さんもすみません、明日また出直して……」

「はいはい、なるほどね。そうやって、お前らはいつも製造部を見下してるわけだ」

営業部は勿論、今の品質保証部だって製造部を馬鹿になんてしていない。売る人、作る人、
不備がないか確かめる人、そのどれが欠けても顧客が求める製品は作れない。

だが、それをこの子どもじみた喧嘩の仲裁で説明したところでなんの解決にもならないだろ
う。二人だって、それくらいのことは重々承知しているはずなのだ。不毛な言い合いではある
が、これ以上ヒートアップしたらいくらなんでも仲裁のしようがない。

「古川さん、それは誤解です！　高原さんも冷静になって――」

慌てて声をあげた幹人は、ふと言葉を失った。なんだか言いようのない、無闇《むやみ》な恐怖心に襲われて声が出なくなったのだ。

「お前、さっきからどっちの味方なんだよ！」

「さっきからへらへらどっちつかずのこと言いやがってよ！」

二人にそう同時に怒鳴られた瞬間、幹人は昏倒《こんとう》した。

まるで、見えない誰かに突き飛ばされるような感覚だった。

「――幹人！」

名前を呼ばれて、ふと瞼《まぶた》を開く。

眼前にいたのは、梁川だった。心配そうに、こちらの顔を覗き込んでいる。

――……なんで？

会いたいなあ、と思っていたことが現実になったのだろうか。

「……梁川……？」

ゆっくりと瞬きをすると、梁川がほっと息を吐く。

「どこか痛いところはないか？　気持ち悪かったりしないか？」

優しく問いかけられて、胸から喉にかけて詰まっていた苦しさが、少し和らぐ気がした。

そうして、自分が梁川の腕に抱き起こされ支えられているのだと気づく。

「いや、平気……」

ゆるく頭を振って、周囲に目をやる。少し離れた場所に、へたりこんでいる古川と高原の姿があった。

「あれ、ここは……、工場……？」

「そうだよ」

ほんの少し思案して、二人の喧嘩の仲裁に呼び出されたのだと思い出した。

「なんでここに、梁川が……？」

口がうまく動かないし、声も出にくい。それでも梁川はきちんと聞き取って、答えてくれる。

事前のやりとりでは先に飲み屋に行ってて、という旨《むね》のメッセージを送っていたが、梁川は外回りからの直行直帰で品質保証部のオフィスのある事業所の近くまで来たので、せっかくだからと迎えに来てくれたらしい。

幹人が失神する寸前に、この現場に駆け込んできたのだそうだ。本当はここに幹人がいると思ったわけではなくて、言い争いをする声が聞こえてきたので足を向けたという。

「瀬上、五分くらい気を失ってたんだ。――グレアを当てられて」

「……グレア？」

それってなんだっけ、と回らない頭で記憶を探る。

以前、梁川に睨まれて威嚇《いかく》されたときに、体が硬直して身動《みじろ》ぎできなくなった。そのときに発せられた不可視の覇気《はき》、威圧感のようなものが「グレア」だ。

「なる、ほど……」

そう口にすると、梁川は古川と高原を睨みつけた。二人が小さく息を呑むのが聞こえる。

――そういえば、グレアってUsualとかDomにも効くんだっけ……？

Ｓｕｂほどではないが、効果があるのだと聞いた気がする。

「わ、わざとじゃ」

「わざとじゃない？」

発せられた声は、普段の梁川からは想像できないほど冷たく、怒気を孕《はら》んでいた。

「傷害事件ですよ。二人がかりでＳｕｂにグレアを当てるなんて」

「そ、それは行き違いというか、誤解で」

「――行き違いでも誤解でもないでしょう。事実だ。業務中にくだらない言い合いをして、止めようとしてくれた彼にグレアを当てた。なにかそこに誤解があるっていうんですか？」

淡々と追い詰めるように話す梁川を、ぼんやりと見上げる。

「品証部と製造部の上司は自分たちで呼んで、事の経緯を説明してください。あとの始末は自分たちでお願いしますね。俺は、瀬上を休ませますから」

そう言うなり、梁川は幹人の体を横抱きに抱き上げた。小柄でもない成人男性を軽々と持ち上げられるなんて、とひそかに感心してしまう。

梁川が踵《きびす》を返すと、遠巻きにことの成り行きを見ていた社員たちが、「普段は割とにこやかで紳士的な梁川が本気でグレアを出すとこんな感じなのか……!」と戦慄《おのの》いているのが耳に届いた。

——確かに。

今も、非常に怒った様子ではある。

けれどそれが幹人に対するものではなく、幹人のために怒ってくれているからだと思うと、彼らには申し訳ないが安心感を覚えた。


入り口の受付横に置いてあるベンチに座らせられ、その間に梁川がタクシーを呼んでくれた。

梁川は足元の覚束《おぼつか》ない幹人を支えながら、自宅にまで付き添ってくれる。

「……瀬上、鍵《かぎ》出せるか」

「うん」

マンション入り口のオートロックを解除するときもふらついていたので、梁川は部屋の前まで送ってくれた。

「家まで付き合わせてごめん。ありがとう。よかったら、ちょっと上がってお茶でも……おっと」

「ちょ、おい。大丈夫か⁉」

ドアを開けながらふらついてしまい、再び梁川が支えてくれる。

あははと照れ笑いをしたが、梁川は少しも笑わない。じっとこちらを見て、小さく息を吐く。

「……お茶はいらない。けど、瀬上が嫌じゃなかったら中まで付き添わせてくれ」

心配で気が気じゃない、と梁川が顔を顰める。

流石に家の中だし転んだところで平気だよ、と思ったが、せっかくの申し出だし、もう少し一緒にいたかったので梁川を招き入れた。

なにより、転生してからは日々の時間に余裕があるので、こまめに部屋の掃除ができている。前世では自宅の滞在期間も短いが掃除をしている暇《ひま》のほうがなく、いつも散らかっていたのでとても誰かを不意打ち的に呼べるような部屋ではなかった。今思えば、掃除ができないこと自体もストレスになっていたのかもしれない。

「座ってて。今飲み物……」

「いいから、もう安静にしててくれ頼むから」

遮《さえぎ》るように言った梁川に、安静とは大げさな話だと目を丸くする。

「大丈夫だって、もうだいぶよくなってきたし」

「よくない。病気じゃないけど、失神したりサブスペースに入ったりするレベルのグレアを当てられたんだ。顔色も悪いし充分体を休めないと」

「でも」

でも、そうしたらすぐ帰っちゃうだろ。

そんな科白を言いそうになって慌てて飲み込む。

梁川は全然言うことを聞こうとしない幹人に焦《じ》れたのか、屈《かが》み込《こ》んだと思ったら再び幹人を抱き上げた。今度は横抱きではなく、膝を掬《すく》うようにして抱き上げられるというか持ち上げられる。

「寝室はあっちか？　そこまで降ろさないからな」

「えええ……」

「流石に寝室に入るのは遠慮しようかと思ってたけど、言うこと聞かないお前が悪い」

そう言うなり、梁川は寝室の方へ向かって歩いていく。ドアを開けるときは片腕で幹人を抱き直したのでそれにも驚いた。

寝室は、ベッドの上に部屋着を脱いだままであること以外は、日々整理整頓《せいとん》しているので、こちらも見られて恥ずかしいものはない。ただ、やはり恋愛感情を抱いている相手を自室に入れる、というのは少々落ち着かない気持ちにさせられるものではあった。

梁川は、ベッドの上にゆっくりと幹人を下ろす。梁川が満足げな顔をしているのが、なんだかおかしかった。

そんな梁川だったが、幹人が黙ってじっと見上げていたら徐々に焦った様子を見せ始める。

「……お前が、すぐに言うことを聞けば俺だってこんな暴挙には出てないんだからな」

「急に言い訳するじゃん」

つい揶揄うように指摘したら睨まれたので「はい、すみませんでした」と素直に謝った。

さっきはひと睨みで他のＤｏｍを圧倒していた梁川だったけれど、睨みつけられても全然怖くない。勿論、グレアを出しているかそうでないかという違いがあるだけなのだろうけれど、彼に心配されているとわかっているので、怖くないどころか、嬉しいような気持ちになってしまう。

「ほら、スーツ脱げ。皺《しわ》になるだろ」

「あ、ごめん。ありがとう」

梁川はむっつりとした表情のまま、甲斐甲斐しく世話を焼いてくれた。スーツをクローゼットにしまったり、枕元にペットボトルの水を置いてくれたりする。

幹人の着替えを見届けて、強引にベッドに寝かせてしまった。病人じゃないのにな、と思うけれど、体はまだ重いので抵抗する気力はない。

「よし、じゃあ俺はそろそろお暇《いとま》するから。腹減ったらデリバリーでも頼めよ」

「はいはい。……なんか、色々ごめんな。今日も飯食うはずなのに行けなくなっちゃったし」

「そんなもん、瀬上のせいじゃないだろ。ていうか、悪いのはあいつらだ」

一応年長者の二人を「あいつら」呼ばわりする梁川に笑ってしまう。

「いつでも行けるし、飯はまた近々、ってことで。気にすんなよ」

言いながら、梁川が幹人の頭を撫でる。

一瞬落ちた沈黙の後、少々慌てたように手を引いて、梁川は「じゃ、帰るわ」と言った。

「――梁川」

「ん？」

帰ると言っているのに、引き止めるように名前を呼んでしまった。体調不良で心細いから、というよりは、もう少し一緒にいたいという気持ちが湧いたからだ。

けれど、梁川にそんなことは言えなくて、別の言葉に変える。

「あのさ、なんでコマンド使わなかったの」

質問の意図がわからなかったようで、梁川はきょとんとしていた。その顔を見て、流石に説明不足な問いかけだったと気づく。

「えっと……俺ここに来るまで割とうだうだしてたっていうか。面倒かけたりしただろ」

「自覚してるならおとなしく言うこと聞いてくれよ」

苦笑した梁川に「いや、そうなんだけどさ」ともごもご言い訳をする。

「でもほら、コマンドを使えば言うこと聞かせられるのに、なんでかなって。それに一応パートナーなんだから、コマンド使われたら気持ちいいし、問題ないはずなのにさ」

Ｄｏｍにコマンドを使われたら、Ｓｕｂは基本的に逆らえない。

体調が悪いのに無理をしようとするのなら、強引にコマンドで押さえつける、というような使い方だってできるのに、それをしなかった。

梁川はじっと幹人を見下ろして、嘆息する。

「だって、嫌だろ」

「え」

「……便宜上のパートナーだからとかそういうことじゃなくて、意思を尊重してもらえないコマンドを使われるのは、誰だって嫌だろ」

ああなるほど、と納得する。それが思いやりであっても、嫌な場面はあるかもしれない。

それに、梁川は普段も徒《いたずら》にコマンドを使う人ではなかった。

「――それに、もう瀬上にはそんなことしたくないしな」

優しく見下ろす瞳を見返しながら、「ああ、俺、梁川のこと好きだな」と幹人は改めて実感した。

――きっと、前までだったら俺はタチ専だからとか、ライバルだからとか、そういうのが先に立ってた気がする。

恐らく前世だったら立場がどうというよりは、一方的にライバル視しすぎて梁川恭司《きょうじ》という男をちゃんと冷静な目で見られなかった。

そして、今の世界でも少し前までなら便宜上のパートナーだろといじけたり、ダイナミクスの強制力で気持ちが動いているのかもしれない、だから優しくされているのかもしれない、とぐちゃぐちゃ悩んでいただろう。

――でも、そうじゃなくて。

梁川は便宜上のパートナーだから、幹人を助けてくれているわけじゃない。

幹人本人を見て、助け、慈《いつく》しんで、向き合ってくれている。

「梁川、俺さ」

手を伸ばして、梁川のスーツのスラックスをきゅっとつまむように引っ張った。

「……うん？」

「……ダイナミクスとか、なんか前の世界をマイナーチェンジしたみたいな知らない世界に来て、しかも自分の体が自分じゃないみたいで怖くて」

「うん」

相変わらず、否定もせずに優しく相槌を打ってくれる、それだけでほっとした。

「あっちの世界で死んだときは後悔ばっかりで」

未練と後悔しかない人生だった。勝手にライバル視していた同期を思い浮かべながら死にたくない、と願った。

こちらの世界の自分は、もしかしたら「じゃあどうぞ」と残りの人生を幹人に譲ってくれたのかもしれない。それはあまりに都合のいい考えだろうか。

「……まだなにもできてないのに、戻りたいって思ったこともあったけど……でも、もう戻りたくない。あっちの世界に」

「そうか」

「だって、あっちには、今の梁川はいないから」

幸か不幸かわからないが、今はこうして別の世界で生き直して、梁川を好きになった。だからもう戻りたくないし、死にたくない。

はっきりと言葉にはしなかったが、そんな気持ちをこめて言うと、梁川は目を瞠《みは》り、その場にしゃがみこんで幹人と視線を合わせた。

大きな掌で、幹人の額を撫で、それから小さく笑う。

「なに?」

「いや、やっぱり、前の瀬上じゃないなって改めて実感してたとこ」

「……どのあたりが?」

「まあ色々。前の瀬上は、体調のこともあってなんか諦観してるふしがあったし、それに、俺のことそんなに重要視してなかったと思う。俺も、瀬上は同期の一人ってこと以外、特に思うところはなかったしな」

くしゃ、と前髪を掻《か》き混《ま》ぜられる。

「なにより、こんな手のかかるやつじゃなかったな」

「な、なんだとぅ……」

確かにこちらの世界に来てからというもの、梁川にはとても面倒をかけているし、世話にもなっている自覚はある。

どちらも幹人なのだからそう変わりはしないだろう、と思うが強く否定できようもないので精一杯の反抗心で睨むと、梁川は笑いながら「そういう顔もしなかった」と言った。

「それに、今の瀬上だからこそ、営業部じゃなくなるって聞いたとき──営業部からいなくなって、すげえ残念なんだよな」

「え……」

「顔合わせる機会がなくなったってのも勿論あるけど、そうじゃなくて、ライバルがいなくて張り合いがねえよ」

「──」

梁川の言葉に、覚えず息を止めていた。少し、泣きそうになった。

それは他でもない、「今の瀬上幹人」を見ている言葉で。

そして多分、死ぬ前の自分が誰かに──ライバルに言ってほしかった言葉でもある。

死ぬ寸前に抱えていた自分の燻《くすぶ》っていた気持ちが、昇華されたようだった。誰に認められることも無く、同期のライバルには到底及ばず、悔《くや》しい、死にたくない、と願ったあの自分が、慰《なぐさ》められ、報《むく》われた気がする。

あちらの世界の梁川も、幹人がいなくなったと知ったときに同じようなことを思ってくれただろうか。

――……そんなはずないだろうけど、もしそうだったら嬉しいな。

涙目になりながら笑ったら、梁川が目に見えて焦り始める。見返したら、おろおろしながら額に手を当てられた。

「どうした？　嫌だったか？　それとも体が辛いか？」

本気で心配してくれているのを、嬉しく思ってしまい、それがちょっとだけ申し訳ない。

幹人はゆるく頭を振った。

「俺、仕事頑張ってよかったなって思って」

頑張りすぎて一度死んでしまったけれど、それをちゃんと見てくれているライバルに、惜しんでもらえた。

「梁川にそう言ってもらっただけで、もうそれだけで充分だ」

偽《いつわ》りのない本心からそう言ったら、突然肩を摑まれた。その勢いのよさに目を瞬くと、やけに不安げな梁川がじっとこちらを凝視《ぎょうし》する。

「な、なに……？」

「いやお前、まるで成仏《じょうぶつ》するみたいなこと言うから……」

いなくなるんじゃないかと思って、と梁川が狼狽《ろうばい》した顔で真剣に言う。

そんなつもりはまったくなかったので、幹人もぽかんとしてしまった。

――俺が「一度死んで転生した」っていうの、マジで信じてくれてるんだな。

そうじゃなければ「成仏」なんて言わないだろう。

今までもちょくちょく、梁川が幹人の発言を信じている、と感じることはあった。やっぱりいいやつだな、と思う。

「しないよ、成仏なんて。……なに、俺がいなくなったら寂しい？」

照れ隠しに笑って言うと、梁川が応戦するでもなく、ただほっと息を吐いた。彼の大きな手が、また優しく幹人の髪を撫でる。

「……まだ言ってないことがあるんだから、成仏されたら困るんだよ」

「言ってないこと？」

なにそれ、と問いかけた幹人に、梁川ははっと目を瞠り、くるりと背中を向けた。

「……じゃ、俺はこれで」

「え、おい、俺の質問への答えは？」

逃げようとした梁川のスラックスを慌てて掴む。つんのめりかけた梁川が「お前どこ掴んでんだよ！」と焦った声をあげたが、離してなるものかと追いすがった。

数秒ほどの攻防のあと、梁川がくるりと振り返る。けれど彼は、Ｄｏｍにしか使えない卑《ひ》怯《きょう》な手を使ってきた。

「いいから、『眠れ』！」

「……っ、おま、ずる……っ」

それがコマンドだと気づいたときには、ずるずると眠りへと意識が引きずられていくのがわかった。

――そんなコマンドあり⁉　マジで狡《ずる》い……！

幹人に無理やりコマンドは使いたくない、みたいなかっこいいことを言ったくせに、狡い。舌の根も乾かぬうちからコマンドを使うなんて、なんて狡い男なのか。

狡い。でも、好き。

逃げられて悔しい気持ちはあったけれど、意識が落ちる瞬間に、彼の顔が真っ赤になっていたのが目に入ったので、まあ許してやろうと思いながら瞼を閉じた。


翌朝、目を覚ますと事情を知ったらしい保原《ほばら》や同僚たちから、幹人《みきと》の身を案じるメッセージが携帯電話に沢山届いていた。その中に、上司の大泉《おおいずみ》からのメッセージもある。送信されたのは、昨日の夜遅くだ。

体調が悪ければ休んでも構わない、出社したときに話し合いの場を設《もう》けたい、という内容だった。

話し合いとは、と一瞬考えて、それが昨日二人のＤｏｍ《ドム》にグレアをぶつけられた件だと遅れて気がつく。

——……話し合いかぁ、謝罪とかそういう話なんだろうな。

もう別にいいのに、というのが本心だった。元営業部なので少々荒っぽいトラブルには慣れているし、前世で品質保証部にいたときも、怒鳴られたり暴言を吐かれたりというのは日常茶《さ》飯事《はんじ》だった。

——「体調も快復したので、出社します。ご迷惑をおかけしました」。

そんなメッセージを返してから、ベッドを降りる。

昨日、梁川《やながわ》がこの寝室に入ったんだよな、と思うと不思議で、同時にじわじわと羞恥が押し寄せてきた。

体調が悪かったとは言え、なんだか甘えた行動をとってしまっていた気がする。

——それに、あいつやけに簡単に俺のこと持ち上げてたな⁉

男女間でもなかなかしんどいと評判の横抱きすら、軽々としていた。確かに、営業で重い荷物を持つことはよくあるが、幹人には無理だ。

部屋を綺麗にしていたのが不幸中の幸いだ。

梁川からも「体調どうだ？　無理して出社するなよ」と昨晩の段階でメッセージが送られてきていた。帰りの電車の中で打ったのだろうか。

大丈夫だから今日は出社する。昨日はありがとう。

そう送ってから、昨晩眠る寸前のやりとりを思い出した。いたずらごころが湧いて、「お前に強引なコマンド使われたせいでめちゃくちゃ腹減ってるけどな！」と付け加える。

あのまま朝まで眠ったので、結局夕食はとっていない。もっとも、体調のこともあってきっと途中で起きても食事はとれなかった。

だがすぐに、既読になった上に誤字脱字まみれの焦った謝罪メッセージが入ったので笑ってしまった。

「嘘だよ、バカ」

吹き出して、「嘘だよ、おかげでよく眠れて体調も戻った」——そう返す。それから、「よかった、でも大事をとって休めばいいのに」、などというメッセージが立て続けに届いたが、「問題ない。大丈夫だよ」と返した。

遣り取りを切り上げてからいつものように簡単に朝食を済ませて、出社する。

大丈夫だよと言ったのは別に強がりでもなんでもなくて、本当に体調に問題はない。今日もいつもどおりの忙《せわ》しない一日なんだろうな、と通勤電車の中では楽天的に考えていた。

だがそんな心情とは裏腹に、出社した幹人はすぐさま会議室へと移動させられたのである。

——……なんか、思ったよりも深刻な話になってた……。

会議室には、幹人の上司である大泉の他、品質保証部の部長、総務部の上長、営業部と製造部の上長がそれぞれ同席していた。そして、全員に揃って頭を下げられたのだ。

幹人にとっては「いざこざに巻き込まれた」程度の認識であったが、高原《たかはら》と古川《ふるかわ》の幹人に対する行為は傷害罪、及びセクシャルハラスメントにあたり、場合によっては懲戒解雇《ちょうかいかいこ》につながる重大な事態であったということを遅ればせながら理解する。意外だ、と思ったのは、前世のこの会社ではこういった——もっと直接的な暴力などが起こった場合でも、これほどの大事にはならなかったからだ。

——始末書くらいは書いただろうけど……まさかの懲戒解雇レベルの話になるとは。

セクハラ、という言葉が昨日自分に見舞われた出来事から遠く感じられて、目を白黒させてしまった。

自分の感覚では「突き飛ばされて、転んで気を失った」くらいに置き換えていたし、グレアの影響も、「病気ではないのだから」と楽観視していたのだが、「気絶させるレベルのグレアを当てる」というのはどちらかと言えば「強制わいせつ、強姦《ごうかん》」に近いようだ。

こちらの世界では、男女間は勿論のこと、ＤｏｍからＳｕｂ《サブ》へのハラスメント行為は法律で厳しく処罰《しょばつ》される対象であるという。

加害者となってしまった二人は昨日今日と別室に呼ばれて事情の聞き取りをされ、報告書・始末書を書かされているそうだ。また、梁川を含めて多数いる目撃者も報告書を書かされているらしい。

「彼らの報告書は後日改めて内容を確認してもらうことになるし、被害者である君にも事情を聞かせてもらうけれど、大丈夫かな？」

「は、はい」

大泉はちらりと他の上長たちを見てから、少し躊躇するように口を開く。

「……失礼だけど、瀬上《せのうえ》くんはパートナーがいるよね？　同席したほうが安心するようであれば、呼ばせてもらうけれど」

「えっ……」

パートナーというのは、勿論梁川のことを指しているのだろう。

赤面しかけたが、今はそれどころではないと頭を振る。

「いえ、あちらも就業中でしょうし、呼ぶと迷惑なので」

「そう……？」

本当に大丈夫です、と断る。

――もし「本当の」パートナーであれば呼べたかもしれないけど。

自分たちはあくまで「便宜上の」パートナーである。もとより、幹人自身が今回の件をそこまで深刻にとらえていない、という面もあった。

神妙な面持《おもも》ちの偉《えら》い人たちに、昨日あった出来事をそのまま話す。それだけで終わるかと思ったが、書類を書いたり、諸々の確認などをさせられたりしていたら、結局昼休みになってしまった。

「――では、今後もまた確認などで時間をとらせてしまうことがあるかもしれないけれど、そのときは協力してもらってもいいかな」

総務部の上長に確認されて「はい」と頷く。彼らに促《うなが》されて一人で会議室を出ると、そこには梁川が立っていた。

「梁川……？　どうしたんだよ、工場になにか用だった？」

思わず訊ねた幹人に、梁川は渋面をつくり、それから苦笑した。

「いや、瀬上がおえらいさんと面談してるって聞いて……、心配になって」

「……それでわざわざ？」

首を傾げると、梁川が「そうだよ」と苦々しい様子で答える。

わざわざ心配して、と思うと、嬉しい気持ちが湧くのと同時に、胸が苦しくなった。

――……本当のパートナーじゃないのにな。世話、かけさせちゃったな。

嬉しさとともに申し訳なさもあって、笑い方が自分でもわかるくらいぎこちなくなる。

そんな表情の変化を見逃《みのが》さず、梁川は焦ったように前のめりになった。

「なにか言われたのか？　理不尽なことがあったらちゃんと言わないと駄目だぞ。飲み込めない条件を出されたら無理に飲まなくてもいいんだからな」

「ちょ、待って待って、そんなこと言われてないよ」

矢継ぎ早に言われて、慌てて首を振る。しかもちょうど昼休憩の時間に入っていたので、道行く社員たちがなにごとかという顔でこちらをちらちらとうかがっていた。

「大丈夫だって。……ここで立ち話もなんだし、続きは一緒に昼でも行ってする？」

「行……きたいけど、ごめん、俺午後から立川《たちかわ》でアポ取ってるからもう行かないといけないんだ」

「そうなんだ……って、立川？　じゃあ早く移動しないと、っていうか飯食えなくなってない⁉」

顧客との商談場所が駅からどれくらいの距離かはわからないが、工場から立川までは電車で一時間以上かかる。今は正午を少し過ぎた所なので、もしかしたら約束の時間に間に合わないのではないか。

焦る幹人の頭を、梁川が軽く叩く。

「大丈夫、約束は二時からだから」

「でも……」

「本当に気にすんなって。じゃあな、あとで連絡する」

もう一度ぽんと軽く幹人の頭を叩いてから、梁川は出口に向かって歩いていってしまった。

そういえばなんでここにいたんだろう、とぼんやり考えていたら、遠目にこちらをうかがっていた事務の女性社員が寄ってきて教えてくれる。

「梁川さん、瀬上さんが呼び出されてるって知ったらしくて、二時間くらい前からここに来てたんですよ」

「えっ⁉」

午後から商談がある、ということは、午前中はその資料などをまとめるのに使う時間だ。それを切り上げてまで、なにをしに。

「パートナーとして呼ばれたら、すぐに入室できるように待機してたそうです。スマホとかパソコンで仕事しながら、待ってましたよ」

「ろ、廊下で？」

「まさか、ちゃんと空《あ》き会議室とかでですよ。でもそろそろお昼なのに出てこない、って心配になって待ってたみたいです」

まさかの話にぽかんと口を開けると、女性社員はふふっと笑った。

「……なんでそこまでしてんだろ、あいつ」

「そりゃ、グレア当てられたなんて知ったらパートナーなんですから心配しますよ。でも、すっごく大事にされてるんですね、瀬上さん」

にやにやしながら、女性社員が揶揄う。

けれど幹人は、先程味わった複雑な気分をもう一度味わった。


今日の夜、俺の家に来ないか?

昼食中、恐らく移動中だったであろう梁川《やながわ》からそんなメッセージが届き、幹人《みきと》はすぐに「行く」と返事をした。

終業後、いつものように酒やおつまみ、デザートなどをコンビニで買ってから、梁川の自宅マンションに向かう。勤務地が離れてしまったため、定時で上がっても、梁川の自宅に着く時間は前よりも少しだけ遅くなっていた。

オートロックを開けてもらい、梁川の部屋のインターホンを押すと、すぐにドアが開いた。

「いらっしゃい、お疲れ」

梁川はまだ着替える前で、シャツにネクタイ、スラックスという格好で幹人を出迎える。

「お疲れ。おじゃまします。はいお土産」

「お、いつもありがとう。入って」

再び「おじゃましまーす」と言って上がり込む。前世では一度も行ったことがなかった梁川の家に、こう頻繁に来るようになったことが未だに不思議だった。

ダイニングテーブルの上にはデリバリーで頼んだという食べ物がもう並んでいる。

「温め直すか？」

「んー、どっちでもいいよ」

じゃあ温め直す、と言って、梁川は容器をキッチンへ持っていく。その間に、幹人は買ってきた酒類やおつまみ類を並べた。

温め直した料理を持って梁川が戻ってきたところで、食事を始める。

仕事の話や他愛のない話を一通りして、ある程度食事も一段落したところで、梁川が「今日の面談、どうだった」と切り出してきた。

恐らくそれが今日の本題だったのだろうと思いながらも幹人は「うん」と返す。

「わざわざ何時間も前に来てくれてたんだって？　ありがと」

「いや、それは……」

ほんの少しバツの悪そうな顔をするのがおかしい。

「ありがとな。心強かった」

いいやつだな、と思う。でも、いいやつなだけで、別に彼は幹人に恋愛感情があるわけではないから、と自戒した。

「会議はとくになんもなかったよ。訴えるわけじゃないし、Dom《ドム》同士の諍いに入ってった俺も警戒が足りなかったなって思ったし」

それを聞いて、梁川は盛大に眉を顰《ひそ》める。

件《くだん》の二人は、今まで同様のトラブルを起こしたことはなく、つまり常習的ではなく初犯であるため懲戒解雇にはできない、と話し合いの冒頭で上長たちから謝罪をされた。

勿論、幹人はそんなことは望んでいないし、そんなことになってしまったら却《かえ》って困る。

「正直、俺としてはまったくお咎《とが》めなしでいいんだけど」

「は⁉」

「……ってわけにはいかないって言われてさ」

梁川が顔を顰めながらそりゃそうだろうと憮然《ぶぜん》とする。

こういうトラブルがあると、会社は安全配慮義務違反や使用者責任を問われ、加害側は解雇や降格、勤務停止、配置転換などの処罰《しょばつ》を受け、被害側は見舞金や示談金を受け取り、その際には合意書の締結などをしなければならない。

「取《と》り敢《あ》えず……高原《たかはら》さんも古川《ふるかわ》さんも、即時異動になった。引き継ぎはそれぞれの課長が責任を持って行うって」

「当然だろ」

ほとんど遮《さえぎ》るように、鼻息荒く肯定した梁川に、幹人は苦笑する。品質保証部と製造部のある営業所から、物理的に遠い社屋《しゃおく》に移るそうだ。まだ明確には決まっていないが、地方へ異動する可能性も高いという。

「懲戒解雇にする気がないならそれくらいやってもらわないと困る」

「まあ……あとは、今回のことで病院も行ったから、会社側からその見舞金と、あと企業としての示談金を受け取ることになったかな」

「それも当然だ。……それって『もうこのことについて会社に文句言いません』って約束のためでもあるけどどな」

「まあね」

梁川の言う通り「これ以上わたしは会社・当該《とうがい》社員を訴えません」という合意書と示談金はセットらしく、そこは法務部と弁護士立ち会いの下で後々改めて締結する。

それでも、手厚いなと思ったのが正直なところだ。前世だったらどうだったかなと考えて多少陰鬱《いんうつ》な気持ちにはなった。

ち、と梁川が舌打ちする。

「瀬上はあんな目に遭《あ》ったのに、結局それだけかよ。……腹が立つな」

「んー……まあでも、それ以上の補償はないけど、その代わり製造部とか営業部にはもうちょっと品証部に協力してほしい、とは言った」

発端《ほったん》は、品質保証部と製造部の言い争いで、その根底には当人たち同士だけではなく部署間での意思疎通における問題点がある。勿論、一方的に製造部が悪いわけではなく、互いの歩み寄りや相互理解が足りないのだ。

幹人の出した妥協案《だきょうあん》のようなものに、先程同様、梁川は同じことを聞いた上司たちと似た表情になった。

「それって具体的にどうすればいいんだ?」

さあね、と言えば、梁川は拍子抜けした様子だ。

「それは上が考えてほしいよ。お詫びなんだからさ。相互理解のためにあるのが新入社員研修って気もしないでもないけど、現状それで足りてないわけだし」

「まあ……そうだな」

「仕事してて色々思うところはあるかもしれないけど、俺たち品証部だって別に意地悪とか、自分の仕事を無理やり作って無茶言ってるとかってわけじゃないし、品証部が適当にやると回り回って会社全体が困るから、協力してくれって」

ああそれと、と幹人は付け足す。

「今回の件がある前に、大泉《いいいずみ》課長がビジネスコミュニケーションの話し方講座みたいなやつ取り入れることにしてたんだよね」

「へえ」

それは営業部の新人が最初に研修で学ぶことだ。それを、品証部で改めて受講する。

「言い方で変わることもあるからまずは身内から変えていこうかって……話してた矢先にこれだったけど」

二人で同時に嘆息する。あまりにタイミングがぴったりで、顔を見合わせて互いに笑った。

ふとその笑いが途切れたタイミングで、梁川が「瀬上《せのうえ》」と呼ぶ。

「ん？」

「……話し合いの場に、パートナー呼ばなくていいって言ったんだって？」

問われて、ずきりと胸が痛んだ。

——俺が「本物のパートナー」だったら、梁川を呼んだんだろうか？

でも、どうだろう。本物であっても梁川に仕事の手を休めてまで来てくれとは、多分言わなかったと思う。仕事をしてくれ、と言ったに違いない。

けれど、本物だったら、「便宜上のパートナーだから呼べない」とは絶対に思わなかっただろう。呼ぶことに負い目を感じたり、呼べないことに胸が痛んだりは、きっとしなかった。

「……いやー、それはだって、梁川には仕事があるし」

努めて明るく、笑い飛ばすような勢いで言う。

不意に、梁川が席を立った。そして、幹人の前にしゃがみ込む。いつもの、Ｄｏｍ《ドム》とＳｕｂ《サブ》としては逆の構図に、幹人は狼狽した。

「梁川……?」

梁川はなにも言わずに幹人の手を摑んだ。自分よりも大きな手に握りしめられて、どきりとする。

「梁川、あの――」

「――好きだ、瀬上」

ほとんど声が重なってしまった。だが、少しだけ聞き取れた言葉に、信じられない思いで目を瞠る。

「瀬上のことが、好きだ」

もう一度言い直した梁川に、心臓が大きく跳ねた。

――え、なに? 梁川が、俺のこと好きって言った?

聞き直す必要がないほど、はっきりと梁川の告白の言葉は耳に届いた。

けれど自分ばかりが相手を好きだと思ってきたので、頭も心もすぐにはその科白を飲み込めない。無言で固まっていると、梁川が再び口を開く。

「……元の世界ではタチ専だったたって言うし、Mじゃないと思ってたたって言うし、……俺のこと、そういう対象とは思ってなかったかもしれないけど」

幹人の手を握る梁川の手が、少し震えていた。

揶揄っているわけでもない、試しているわけでもない、梁川が本気なのだと伝わってきた。

「今回のことがあって、パートナーなのに同席させてもらえなくて……瀬上が呼ばなくていいって断ったって聞いた」

「だってそれは……〝便宜上の〟パートナーだから、梁川に迷惑かけられないって思って」

うん、と梁川は頷く。

「それが、すげえ悔しかった。本物のパートナーなら躊躇なく呼ばれたのにって思うと情けなくて、悔しい」

梁川の手に、ほんの少し力が込められる。

「瀬上のことが好きだから、そういうときに蚊帳《かや》の外にいたくない。堂々と隣にいたい。――俺のこと、正式にパートナーにしてほしい」

お願いします、と梁川が重ねた手の上に顔を埋めるようにして頭を下げる。

その旋毛《つむじ》を見おろしながら、幹人は唇を引き結んだ。

今回の件があって、ただ「正式にパートナーにしてくれ」と言われていたら、きっと自分は断ってしまっていたと思う。

――同情や義務感で、そんなこと言ってほしくない、とか拗《こじ》らせて突っぱねてたかも。俺も、梁川のことが好きだから……義務感でそんなこと言われたら、きっと辛くて悲しいし。でも嬉しいのが情けなくて、絶対に拒否してたな。

だけど、梁川は先にはっきりと「好きだ」と言ってくれた。

幹人はなんだか泣きたい気持ちになりながら笑って、下げられたままの梁川の頭に顔を埋めた。梁川の体がびくっと強《こわ》ばる。

「……俺でいいのか？」

彼の後頭部に向かって囁くと、「瀬上がいい」と返ってくる。梁川はゆっくりと顔を上げた。

相変わらず、嫌味なくらい整った容貌だ。

前世で死ぬ間際に見た顔は、幹人が見たことがないほど真剣な表情をしていた。

「瀬上の、パートナーだけじゃなくて……恋人にも、してほしい」

ダイナミクスにおけるパートナーとは、恋人に近い行為をしていても必ずしも恋人関係にあるとは限らない。だからこそ、梁川は改めて明確に確認してくる。

幹人は、梁川の手を握り直す。微かに己の手が震えているのが、自分でもわかった。

「俺、前世がとか言い出すし、人前でＳｕｂだとかダイナミクスのことつるっとバラしちゃうし、こっちの常識よくわかってないところがあるし……色々面倒な男だけど、いいのか？」

「いいに決まってる」

即答というよりほとんど遮《さえぎ》るくらいのタイミングで肯定されて、目を瞬く。

「俺は、そういう瀬上を面白《おもしろ》いとか、心配だとか、ほっとけないとか思って一緒にいたくなったし、好きになった。だから、瀬上がいいよ」

澱《よど》みなく言ってくれた言葉に、安堵とともに好意が湧く。

それは、「もともとこの世界にいた瀬上幹人」ではなく、「こちらの世界に来た瀬上幹人」を明確に指して好きだと言ってくれていたからだ。

「……俺男だし、タチ専だったし、どっちかっていうとSだったけど、それもいいの？」

割と真剣な問いかけだったが、梁川は何故かなんとも言いようのない微妙な顔をして「いいよ、勿論」と受け入れてくれる。

表情の理由は少々引っかかったが、自分としては一番気になっていた部分が昇華されてほっと胸を撫で下ろした。

「じゃあ、パートナーとして……恋人としても、よろしくおねがいします」

そう言って笑いかけると、梁川が立ち上がり、解けた手で幹人の頬を撫でた。

——あ。

ゆっくりと近づいてきた顔に、自然と瞼を閉じる。柔らかな感触が唇に触れ、自分でも信じられないくらい緊張した。

どちらからともなく目を開く。目の前にあった梁川の瞳が、優しいのにどこか獰猛《どうもう》で、ぞくっと背筋が震えた。

「……瀬上、体調は？」

梁川の声が、興奮を抑えて上《うわ》ずりかけている。笑ってやろうと思ったのに、幹人の唇からこぼれたのは熱っぽい吐息だった。

梁川の掌が、頬から耳元、首筋へと愛撫するように触れていく。肌が落ち着かず、幹人は小さく息を呑んだ。

「問題ない。……から、梁川」

タチのときに自分から誘うのはなんともなかったのに、どうしてこんなに緊張してしまうのか。梁川のネクタイを引っ張ったら、不意に膝を掬うようにして椅子から抱き上げられた。バランスを崩しそうになって慌てて抱きつく。そのまま梁川の寝室に運ばれ、彼のベッドの上に降ろされた。後ろ向きで入室したので部屋の全体をそのとき初めて見たのだが、彼も仕事で忙しいタイプの人間だからだろう、ほぼ寝るだけであろう寝室はきちんと片付いていた。


コマンドを使っているときは、そういう雰囲気かもしれない、というときがあっても絶対にキスはしなかった。性的な触れ合いは勿論、梁川のことを恋愛感情的な意味で好きだと自覚したときはなにもされないのが少し辛いときもあった。

正式なパートナーでもないし、当然か、とも思っていたのだ。自称「世話焼きＤｏｍ」だと言っていたし、もしかしたら、梁川はそういう行為があまり好きではないのかもしれないと。

「ん……、んっ」

息ごと奪うような激しいキスをされて、そんな過去の認識が間違っていたと、この数十分で思い知っていた。

流石に息が苦しくて、無意識に梁川の胸を押し返す。察して、梁川は唇を離してくれた。

「……悪い、つい夢中になった」

そう言いながら、梁川は幹人の濡れた唇を指で拭う。

「……食われるかと思った」

羞恥を抱えてそんな文句を言うと、梁川は目を細めて「でも」と言い、幹人の性器を握った。

「っ……！」

「気持ちよかったんだろ？」

片手で器用に幹人のスラックスの前を開け、梁川が下着の中の性器に触れてくる。

幹人の性器は、微かに立ち上がり、濡れていた。それを聞かせるように、梁川は指先で音が鳴るようにして触れる。

「苦しいの好きなんだ？」

「す、好きじゃない」

それで勃《た》っているわけじゃない、と否定すれば、梁川はそっかと頷いた。

「瀬上。――『動くな』」

「っ、……」

唐突に発せられたコマンドに、体が固まる。梁川は身動ぎひとつできない幹人の手を取って、甲に口づけた。

それから梁川の手が幹人のスラックスを脱がせ、下着を脱がせて、ワイシャツを脱がせる。

前は『脱げ』というコマンドを発したのに、と戸惑っていると、察した梁川が答えをくれた。

「言っただろ、俺は世話焼きＤｏｍなんだよ。奉仕型Ｄｏｍ」

「いや、それは聞いたけど……」

これも世話焼きとか奉仕とかいうのだろうかと、疑念がうずまく。

……いっそ一思いにさっさと脱がせてくれればいいのに。

梁川は一枚脱がせるのに、ひたすら時間をかけているのだ。

一枚一枚、ゆっくり剝《は》ぎ取《と》られると、徐々に羞恥が湧いてくる。

梁川も、一枚ずつ、幹人の反応を見ているような気がした。脱がせながら焦らすように肌に触れてくる。

——ていうか、順番……！

何故下から全部脱がせて、上に行くのか。普通ワイシャツからいかないか、と問いたいが、羞恥を抱えているのがばれるのは駄目な気がする。

しかも、靴下と、腕時計と、カラーは残しているのがまたなんとも間抜けに思えて恥ずかしい。

——本当に、勘弁してほしい、こういうの……。

その気持ちは本当なのに、幹人の性器が先程よりも絶対固くなっているのがわかってしまう。きっと梁川も気づいている。そう思うと、ますます羞恥で下肢《かし》に血が集まってしまいそうだ。

「――瀬上」

やっと次に進むのかとほっとすると、梁川は幹人の横に座り、ヘッドボードに凭《もた》れながら『おいで』と自分の膝を指した。

コマンドを受けたとき特有の力が抜けるような快感に、幹人は唇を噛む。幹人の体はコマンドに従い、自然に動いた。

緊張しながら、幹人は梁川の膝の上に跨る。乗った瞬間に、既に固くなっていた梁川のものがごりっと当たり、思わず息を呑んだ。

無意識にそちらを見下ろしていたら『こっちを見ろ』と命じられる。熱っぽい梁川の眼差《まなざ》しに、胸が詰まった。

「や、梁川も脱げよ。俺ばっかり……」

ほぼ全裸になった幹人とは反対に、梁川はまだネクタイすら取っていない。

「あとでな」

そう言うなり、梁川は幹人の性器に触れた。

「あっ」

指を絡められただけで声を上げてしまい、咄嗟《とっさ》に口を手で覆《おお》う。思えば、こんなふうに誰かとベッドにいるなんて何ヵ月ぶりかわからない。前世の頃から数えて、一年以上経っているかもしれなかった。

「……っ、あ、ぅ」

梁川の大きな手がもどかしいくらいに優しく幹人のものを愛撫《あいぶ》する。相変わらず視線をそらせないまま、与えられる快感に身を委《ゆだ》ねるしかない。

――やばい、本当に久しぶりすぎて……。

数分ともたないかもしれない、そう思っていたら、「瀬上」と名前を呼ばれた。梁川が幹人の耳元に顔を寄せる。

「『耐えろよ。出すな』」

「えっ……」

そう言うなり、梁川の手は荒っぽく動き始める。

ゆっくりと高められていた体は、唐突な刺激にあっさりと陥落《かんらく》した。

「嘘、無理、……っ」

「無理じゃないだろ」

意地悪そうに笑って、梁川は幹人の腰を支えながら緩急をつけて擦《こす》ったり扱《しご》いたりする。逃げるように腰を浮かせたら、尻を叩かれた。

「やっ……！」

「やじゃないだろ。ほら、頑張れ」

そういうなら手を止めてほしいのに。

限界はとっくに近づいていて、内腿が震える。歯の根も噛み合わない。それなのに、Ｓｕｂとしての本能が梁川の命令に従おうとする。

幹人は泣きながら頭を振った。

「待って、ほんとに、無理……——あっ！」

親指で先端をぐりりっと捏《こ》ねられた瞬間、堪《こら》えきれず、幹人は不意打ちのように射精した。

「あっ……、あ、っあ」

それなりの時間耐えていた反動で、勢いよく噴いた精液は、梁川のシャツやスラックスを汚してしまう。解放感と羞恥、コマンドを守れなかった罪悪感に、幹人は惑乱した。

「あ……、ごめん、ごめんなさ……っ」

梁川はにこりと笑い、幹人のもので濡れた手で、再び幹人の尻を叩いた。

「ひっ……」

「コマンドを守れなかった瀬上には、お仕置きしないといけないな」

涙目になって、梁川の顔を見返す。笑顔なのに怖い。怖いのに、幹人の体は期待するように震えていた。

「じゃあ『四つん這いになれ』」

コマンドを受けて、幹人はベッドの上に四つん這いになる。腰だけを高くなるような格好を取らされた。

また、叩かれるんだろうか。

期待ともつかないそんな予想をしながら待っていると、不意に、無防備だった場所へ指を入れられた。

「……っ、梁川！」

「ん？」

「ん、じゃない、そこは……っ」

いつのまに準備をしていたのか、ジェルのような潤滑剤《じゅんかつざい》をつけた梁川の指が入ってくる。ぐりっと中をかき回されて、言葉を失った。

「そ、そこは自分でやるって、やらないでくれって言った……！」

「ああ、でもお仕置きだからな。しょうがない」

にこりと笑って言いながら、梁川は指を抜き差ししたりする。梁川は恐らく、初めからこれを狙っていたのだ。

――こ、この嘘つきサド野郎――っ！

幹人は後ろでした経験はほぼないし、その数少ない経験すらも指を入れるだけで終わった。

相手は幹人が抱いた直後のネコだったので「まあどうしてもってわけじゃないし」とあっさり

引いてくれたのだ。

全然入らないし、痛いだけで向いていないと思ったものだ。

だから、梁川とするにあたり、そこの準備は自分でする、と申告していた。タチ専として慣らすこと自体は何度もしているし、なによりも羞恥が勝る。

「痛くないか?」

「……う、嘘つきぃ……っ」

答えになっていないことを言ったら梁川は「大丈夫そうだな」としれっと返してきた。

「だ、大丈夫じゃない」

「痛くないだろ? 騙《だま》されたと思って俺に身を任せてみろって」

騙されたと思って、ではなく本当に騙したくせに、梁川はいけしゃあしゃあとそんなことを言う。

うう、と唸《うな》りながら幹人はシーツに顔を埋《うず》めた。流石に悪いと思ったのか、指が抜かれる。安堵の息を吐き、ちらりと振り返ると、梁川が『仰向《あおむ》けになれ』と新たなコマンドを発した。

梁川は仰向けに転がった幹人の靴下を脱がせ、腕時計も外し、隣に横臥《おうが》する。

「瀬上、『キスして』」

「……ん」

梁川の唇にキスをしたのと同時に、再び後ろに触れられた。反射的に体が逃げようとしたが、梁川に抱き寄せられて阻まれる。

「ん、ん……」

キスをして、梁川に身を委ねているせいか、いつのまにか指を増やされていた場所から、覚えのない感覚が湧き上がってきた。

――なんか、やばい、これ。

中に触れられているのに、射精を我慢しているときのような体感に襲われる。口の中も梁川の舌に愛撫されているせいか、全身から力が抜けるようだった。

そんな行為をずっと受けていると、なんだか浮遊感のようなものを感じるようになってくる。

「……っあ」

指が抜かれ、唇も離れていく。

身を起こした梁川が、ネクタイを引き抜き、シャツを脱ぎ捨てた。梁川が全裸になるまではんの少しの時間しかかかっていないのに、幹人にはひどく長く感じられる。もじもじと膝を擦り合わせていたら、膝頭を摑まれた。

「瀬上、『開いて、見せて』」

ひくりと喉を鳴らし、幹人は唇を嚙む。それから、羞恥に襲われながらもゆっくりと自ら脚を開いてみせた。

「『いい子だ』」

そう笑って、梁川が覆《おお》いかぶさってくる。腰を浮かすように持ち上げられて先程いじられた場所に熱く硬いものが押し当てられた。

「苦しかったら言えよ」

「ん……」

心臓の音が、耳にまで響いている。梁川にまで聴こえてしまったらどうしよう。

「あ……っ！」

そんな不安は、すぐに吹っ飛ぶ。梁川のものが中に入った瞬間に、頭が真っ白になった。

——嘘。

指ですら痛かったのに、梁川とは両想いになったけれど、自分はタチ以外できないのではないかと不安にさえなっていたのに、幹人の体は梁川のものを受け入れる。

問題なくスムーズに、とまではいかないまでも、梁川が丁寧にしてくれたおかげで、時間をかけて全部飲み込めた。

「……入っ、た」

思わず幹人がそうつぶやく頃には、梁川もだいぶ汗をかいていた。本当だったらさっさと動かしたかっただろうに、初心者のこちらに合わせてくれたのだ。

幹人は手を伸ばし、梁川の背中を抱きしめる。

「瀬上、苦しくないか」

こんな場面でもまだ気遣ってくれる。幹人は抱きついたまま「うん」と頷いた。

「好きだ、梁川」

告白の言葉は自然とこぼれ、抱いた梁川の背中が強ばるのが伝わってくる。

「……優しくしたいんだからさ、瀬上」

「Ｄｏｍのくせに」

「Ｄｏｍはサドではないんだって何回言わせるんだ」

そう言って、梁川は笑う幹人の唇を奪った。

「ん……ふ、っ」

笑いながらキスをして、体を揺すり上げられる。

圧迫感に苦しさはあるけれど、痛くもないし辛くもない。のしかかってくる梁川の体も重いのに、それを苦痛には感じず、寧《むし》ろ心地よささえあった。

「ん、んっ、んっ」

突き上げられるたびに、鼻から甘えるような嬌声《きょうせい》が漏れるのが恥ずかしい。それでも、快感を誤魔化すことはできなくて、梁川にされるがままに身を委ねる。

自分ばかりが余裕がなくて少し悔しいけれど、それよりも梁川に求められていることが嬉しかった。

「……っ、あ」

擦り上げられているうちに、再び覚えのある感覚が湧いてくる。後ろでするのは初めてなのに、という戸惑いもあったが、それよりも焦りのほうが先に立つ。

唇を離し、「待って」と訴える。

「なに、瀬上」

揺すり上げられながら色っぽくかすれた声で訊ねられて、背筋が震える。

「待って、俺、また……っ」

再び出すなと命じられても、きっとまた守れない。彼からの命令を守りたいのは、ダイナミクスのせいだけではなく、好きな人の言うことだからだ。

けれど、これ以上されたらまた一人で達してしまう。頭を振りながら「一人でいきたくない」と訴えた。

「つぎは、梁川と一緒に……っ」

切れ切れになりながら乞《こ》うと、梁川は一瞬うっと息を詰め、それから幹人の頭を撫でる。

気持ちいいけれど、今そんなことをされたら本当に駄目だ。

「大丈夫、いってもいいよ、瀬上」

「……っ」

優しく許されて、涙とともに体の中から快感がこみ上げてくる。

「や……っ」

「いいから、瀬上。――俺も、いくから」

そう言うなり、梁川は幹人の体の奥を強く突き上げた。

「……っ……！」

唇を塞《ふさ》がれ、中に熱いものが注がれる。初めての感覚に、一瞬目の前が真っ白になった。梁川のものでさえ届かなかった更に深いところがじわりと圧迫され、満たされる。そんな感覚に、幹人は声もなく達していた。

びく、びく、と体が痙攣《けいれん》する。幹人は梁川の広い背中にしがみつきながら、波が去るのを待った。


「……瀬上、体平気か？」

額を撫でられて、幹人は羞恥に襲われながら「平気」と返す。

あの後、丁寧な後戯《こうぎ》と「アフターケア」をされ、バスルームまで運ばれて体を洗ってもらってしまったのだ。足腰が立たなくなっていて、とても「自分でできる」とは強がれなかった。

――悔しいことに、アフターケアはマジで気持ちよかった……。

自称「世話焼きＤｏｍ」のご奉仕は、アフターケアとしてはとてもいいものだと思われる。

アフターケアはＳｕｂだけでなく、Ｄｏｍにもいい作用をもたらす。メンタルにもフィジカルにも、満たされる感情が湧くのだ。

――もはや介護レベルだったけど……。

頭の天辺から爪先《つまさき》、体の中まで丁寧に洗い上げ、浴槽内《よくそうない》ではマッサージもしてくれた。勿論、バスルームへの出入りも横抱きで、飲み物の用意や髪を乾かすまでいたれりつくせりだ。

新品の部屋着を着せてもらい、ベッドに運ばれた。

――もしかしたら、風呂場で、とか思ったけど流石にそれはなかった。

ちらりと傍らの梁川を見たら、目が合った。あれだけ色々やったというのに今更羞恥が湧いてきて赤面すると、梁川は「かわいい」などと言う。

それがまた不快ではないのだから戸惑ってしまった。

「……なあ梁川、訊いていい？」

「ん？」

「いつから俺のこと、好きだった？」

幹人の問いに、梁川が目を瞬く。それから、難しい顔をして思案するように顎を擦った。

「……言いにくいんだったら」

「いや。そういうわけでは……ないけど」

まあいいか、と梁川は口を開いた。

「パートナーになろうって持ちかけたときから、その気ではあった。パートナーにしたい、できれば恋人にって」

「え⁉」

そんなこっちの世界に来て序盤の頃から、と幹人は目を剝く。

「な、なんで言ってくれなかったんだよ……！」

そうしたら、あんなに悩むことはなかった。便宜上という言葉に囚《とら》われて、無闇に傷ついたりもしなかったかもしれない。

梁川は頭を搔きながら苦笑する。

「いや、だって瀬上、あのときにもし俺が本気で押してたら引いてたろ」

梁川の指摘に幹人はうっと言葉に詰まる。

「……た、確かに」

あの時点で好きだからパートナーになってくれ、独占欲を抱いているから恋人になってくれ、などと言われていたら、受け入れられていた気がしない。

なにせ梁川には対抗意識があったし、ダイナミクスのことさえよくわかっていなかったのだ。

「もしそのタイミングで迫《せま》られてたら、梁川のこと怖かったかも」

「だろ。だから若干《じゃっかん》姑息《こそく》かなとは思ったけど、そうでなくても危なっかしくてほっとけないし、『便宜上』って大義名分でパートナーを持ちかけたんだよ」

梁川の説明に、なるほどと納得する。

「なんか……お手数をおかけいたしました……」

しおらしく謝ると、梁川はいやいやと笑った。

「そもそも、瀬上は見た目が好みだったからなぁ」

「ええ⁉　じゃあ……」

「いやでも、前の瀬上にはあんまり食指が動かなくてな。顔は好みだし、いいやつだし、仕事もできるから好感度は高いんだけど、パートナーにするって感じじゃなかったし、恋愛対象でもなかったんだよな」

自分はあくまで、こちらの世界の梁川を好きになったが、梁川はこちらの世界の瀬上のことも好きだったのではないか、自分はその延長線にいるのではないか——と過《よ》ぎっていた不安を一瞬で吹き飛ばす科白に驚く。

「俺は今の瀬上だから、好きになった。……それよりも、瀬上のほうこそ、あっちの世界の俺のことを、少しは好きだったんじゃないの？」

「それはない！」

それだけはありえないので、思わず間髪を容《い》れずに否定する。

「だって、ほとんど話したことなかったし。ライバル視してたけど、さっさと海外に行って帰ってこなかったし。恋に落ちようがねえよ」

なによりも、幹人はそのとき、絶対に受け入れる側は無理だと思っていた。ダイナミクスというものにぶちあたったことで、目の前の梁川相手ならいいかと思えたけれど、それがないあちらの世界では恐らく身を委ねることは難しかっただろう。

「なにより、梁川の見た目、俺の好みじゃねえもん」

「え……っ」

明らかにショックを受けた顔をされて、はっとする。

「いや……前に聞いてたもんな……瀬上は可愛い、どっちかっていうと保原《ほばら》みたいなタイプが好きって……」

「いやだからそれは昔の話だし、保原は同期の友達で今も昔もそういう対象に見たことねえから！」

どんより曇った声を出す梁川の腕に慌ててしがみついて弁解する。

本気で落ち込ませてしまったかもしれない、と焦っていたら、陰気に俯いていた梁川が笑っていることに気がついた。

「っ、梁川てめえ……っ！」

色んな意味で顔を真っ赤にしながら怒ると梁川は声を立てて笑いながら、幹人を抱きしめた。

幹人の上体を膂力《りょりょく》だけで軽く持ち上げ、胸元に抱いて仰向けに転がる。梁川の上に向かい合うような形で乗り上がってしまった。重くないのかな、と思ったが、嬉しげな顔をしていたので観念して、彼の胸の上に身を預ける。

「昨日も感心したけど、梁川の足腰って強靱《きょうじん》だよな」

「お褒めにあずかり光栄だ」

確かに褒めたけれどなんだか苛立《いらだ》って、幹人はちっと舌打ちをする。

「今は違うけど、同じ営業だったのになんでこんなに違うんだ。お姫様だっこ？　みたいなの、あれは俺にはできん」

正直なところ、成人男性を今のように普通に抱き上げるのもしんどいかもしれない。

おんぶならなんとか、と言ったら梁川が笑った。

「別にいいだろ、今後する予定がないんだから」

「なんで、わかんないだ――」

反論をキスで封じられ、その勢いでベッドの上に押し倒される。当たり前なのだが、ベッドから梁川のにおいがして心臓が騒いだ。

先程は触れるだけだったのに、梁川の舌が口腔内《こうこうない》に入り込んでくる。舌先を触れ合わせると、それだけで背筋が震えた。

「ん……っ」

キスをしながら、梁川が幹人の部屋着の釦《ボタン》を片手で器用に外していく。

「もう俺で最後になるんだから、瀬上が誰かを抱き上げる必要なんてないだろ？」

にこりと笑って問いかけられ、幹人は目を丸くする。

笑っているけれど、有無を言わせぬ語気の強さに加え、その瞳には嫉妬の炎が浮かんでいた。

後頭部を引き寄せられて、再び口付けられる。

——いや、まあ俺も別れるつもりはないけど……激重……。

誠実というよりは、ちょっと重い。なんだか意外な面を見た。

それに、幹人が梁川を持ち上げる想定をしていないのはいかがなものか。確かに横抱きも、普通に抱き上げるのも無理かもしれない。でもおんぶなら多分できる。いつ梁川がおんぶされるような場面があるのだと指摘されそうだが、年寄りになればわからないじゃないか——そう言おうとしてやめた。

自分も大概《たいがい》、重いな、と思ってしまったからだ。

「なあ、梁川」

唇を離して呼ぶと、梁川が少し名残惜《なごりお》しそうな顔をする。

「なに」

「もし、どっちかのカラーかリストバンドが駄目になったら、今度は俺が選んで買っていい？」

購入するのはＤｏｍであるほうが定番だと聞いたけれど、あえてそう提案してみる。梁川は一瞬怪訝《けげん》な顔をしたが、ふと、なにかを察したように目を丸くした。

「どんなの選んでくれるんだ？　……だいぶ先の話だと思うけど」

だいぶ先の未来、二人でいると仮定した話に、梁川ものってきてくれる。

「……それはそのとき、梁川と俺に似合う感じのがいいから今はなんともいえないけど。一緒に選んでくれるだろ？」

手を繋《つな》いでそう言うと、梁川は勿論、と頷いて幹人を両腕で抱きしめた。

ライトフル・パートナー

rightful partner

ソファに座り、風呂からあがったばかりの恋人の柔らかな髪をドライヤーで乾かしていたら、その綺麗な丸い頭がかくんと落ちかけた。

「おーい、瀬上《せのうえ》。まだ寝るなよ」

梁川恭司《やながわきょうじ》が笑って声をかけると、ラグに腰を下ろしてソファと梁川の脚に凭《もた》れていた恋人の瀬上幹人《みきと》は、慌てたように居住まいを正した。

「ご、ごめん」

そう言いながら、ふわ、と欠伸《あくび》をし、瀬上が目元をこする。

「髪乾かしてる間はちょっと頑張れ～」

「んー……」

瀬上は頷いたその流れで、こてんと梁川の太腿《ふともも》に頭を預けてしまった。普段はここまで甘えた仕草をしない彼に、ぎゅん、と胸がときめく。

落ち着けと己《おのれ》に言い聞かせつつ、ドライヤーを切ってまだ少し湿っている頭を撫《な》でた。

「今週忙しかった?」

「いや、そうでも……、デスクワークだし、体力的にも全然大丈夫なはずなんだけど」

そんな瀬上の髪や頬、顎《あご》のあたりを、よしよし、と言いながら最大限に優しく触れる。コマンドは使っていなくとも、その細く均整の取れた体からわずかに力が抜けるのが伝わってきた。

心も体も預けてくれている、というのが伝わり、言いようのない多幸感を覚える。

「まだ慣れない気を張ってりゃ心身ともに疲れるもんだろ。ただでさえ、トラブルがあったし。一週間お疲れ」

言いながら、どの口が、と内心で苦笑する。

この一週間は互いに忙しく、ほとんど顔を合わせる時間もなかった。

本日は二人揃《そろ》って残業のない、金曜日の夜。ということで、待ち合わせて食事をしに行き、それから自宅に瀬上を連れ込んで思い切り恋人として、またダイナミクスのパートナーとして逢瀬《おうせ》を存分に楽しんだ。

――最高だった……。満足した。

ベッドの上では勿論《もちろん》のこと、その後のお風呂タイムもとてつもなくよかった。

いつもならば決してさせてくれないことも、今日の瀬上は全部させてくれたのだ。正直なところ、ちょっとそういうタイミングを狙《ねら》った感も否《いな》めない。

――そもそも一緒にお風呂なんて、めったに入ってくれないもんなぁ。

普段なら絶対嫌がる後始末もさせてくれたし、全身を優しく洗わせてくれ、歯も磨《みが》かせてくれ、湯船での全身マッサージもおとなしくやらせてくれた。抵抗する気力と体力がなかったようだ。途中、眠ってしまっていたほどである。

いつもの、ぎこちない様子で甘えようとしてくれる恋人もよいし、今日のような抗《あらが》うポーズを見せる余裕もなく言われるがまま、されるがままの恋人もたまらない。

「……だらしねえ顔してんなー」

「えっ⁉」

思い返して相好《そうごう》を崩しまくっていたらしい、見上げる瀬上にそんな指摘をされて、思わず頬を押さえてしまった。脚の間に収まって、ふ、と笑った瀬上に腕を引かれる。

導かれるように前傾姿勢になり、唇を重ねた。

スマートなその動作に、またしても胸がときめいてしまう。

『こっちきて、瀬上』

たまらずコマンドを使い、膝の上を叩くと、瀬上がほんの少し頬を染めて腰を上げた。膝に乗り上げた瀬上の腰を抱き寄せる。

『キスして』

再び要求すると、瀬上は一瞬身を強張《こわば》らせて、こちらに身を預けるようにしながらキスをくれた。それからすぐ顔を隠すように抱きついてくる。可愛《かわい》いなあ、と噛み締めていたら、耳元で大きな溜息が聞こえてぎょっとした。

「せ、瀬上？　どうした？」

「俺、さっき風呂で寝落ちしたときに、変な夢見て」

変な夢？　と鸚鵡返《おうむがえ》しに訊くと、瀬上は身を少し離してこくりと頷いた。

「〝元の世界〟に〝こっちの俺〟が行ってる夢。……こっちの俺の人生を乗っ取った罪悪感で、そんなの見ただけなんだろうけどさ」

「へえ……どうだった？　あっちの瀬上。元気だったろ？」

梁川の返しに、瀬上は苦笑する。瀬上は「元の世界で死亡して、こちらの世界の瀬上の魂《たましい》をはじき出してしまった」と推測している。「ではこちらの瀬上はどうなったのか。身代わりになって死んでしまったのかもしれない」とずっと気にかけているのだ。

「それが不思議で。俺はあっちで全然上手《うま》くいかなくて、会社もやめたくなくて板挟《いたばさ》みで病んでたのに、こっちの俺はそんなことなくてさ。ホワイト企業の人間だから頭がまともなせいかな、じゃあ辞めます、ってあっさり辞職願突きつけて、転職活動してた」

「あー。しそうしそう。そういう見切りの良さとクールなとこあったわ」

笑って同意すると、同じく笑っていた瀬上がふと泣きそうな顔になり、再び抱きついてくる。

「いや……もう、梁川って全然まったくこれっぽっちも俺の好みじゃないのに」

「唐突に言うじゃん……」

以前から何度も言われていた言葉だったが、改めて言われて些《いささ》かショックを受ける。

「――それなのに、こんなに好きでどうしようって思うわ……」

だが続いた科白《セリフ》に、たちまち気持ちがV字回復した。

「……俺が別の世界から来たとか頭のおかしいこと言っても否定せずにいてくれるし、なんでこんないいやつが俺のこと好きになってくれたんだろって思ってる。ずっと」

不安げな瀬上の背中を、梁川は優しくさする。

「まあ、前も言ったけど、もともと、子供の頃からSFやファンタジーの類《たぐい》が好きだったし、今も転生ものとか逆行ものとかハマってるし」

とはいえ、「平行世界から来た」というのはいくらなんでも荒唐無稽《こうとうむけい》な話ではある。常識的に考えれば医者の見立て通り、一度心肺停止状態になったショックでたまたま第二の性と呼ばれる「ダイナミクス」の知識だけすっぽりと抜けてしまった健忘症《けんぼうしょう》なのだろう。

そして偶然にも持病が綺麗さっぱり治っており、偶然にも子供の頃に診断された「ダイナミクス」の誤りが発覚し、更に偶然、会社に起きるトラブルを「前の世界で起きたことだ」と言い当てて未然に防いだ、ということになる。

――そんなに「偶然」って起きる？

勿論、全部偶然だ、というのが「現実的」な話には違いない。だが、「別人である」というほうが梁川にとっては自然に思えた。

黙り込んだ梁川を、瀬上は心配そうに怪訝《けげん》そうに見つめている。

「……色々理由はあるけど、でも一番は、俺にとって瀬上がまったく別人に見えたんだよな」

「別人って、見た目変わんないだろ」

「そりゃ顔は同じだよ。だけど、前とは違う。何度も言うけど、〝前の瀬上〟じゃなくて〝今の瀬上〟だから俺は好きになったし、そうじゃなかったら多分恋人にはなってない」

瀬上は一度目を瞬《しばた》き、それから真っ赤になった。瀬上が不安になるなら何度でも言い聞かせる。

以前の「Switch《スウィッチ》の瀬上幹人」は周囲から一線を引いた――もっといえば、拒絶しているような雰囲気があった。自立というよりは、他者を頑《かたく》なに拒《こば》んでいるような。

ダイナミクスを切り替えられるSwitchではあるが、彼はずっとDom《ドム》でいたようだ。そして、パートナーがいる様子もなかった。自分にとっては、今の彼と昔の彼が同一人物とは、やはり認識できないのだ。

「今も昔も瀬上はしっかり者だし、前のほうが病弱だけど……ほっとけない、一緒にいたい、って思ったのは今の瀬上にだけだよ」

赤面している瀬上にキスをすると、「真面目《まじめ》に話してるのに！」と怒り出したが、照れが勝っていて可愛く、迫力はない。きっと前の瀬上なら、こういう表情はしなかっただろう。

「いま俺の目の前にいる瀬上が、好きだよ」

俺の瀬上は、いま膝の上に乗って甘えてくれる瀬上だけだ。

瀬上は泣き出しそうな顔で笑い、梁川のTシャツをぎゅっと掴む。

「俺、こっちの世界で、梁川と恋人になれて幸せ。こっちの俺のぶんまで、幸せになる」

普段は照れて言わないようなことを言ってくれた瀬上に、『キスして』とコマンドを使う余裕もなく、奪うように口づけた。

あとがき

AFTERWORD……………………

—栗城 偲—

はじめまして、こんにちは。栗城偲《くりきしのぶ》と申します。この度は拙作《せっさく》『ブラック社員の転生先はDom《ドム》／Sub《サブ》ユニバースの世界でした』をお手に取って頂《いただ》きまして有り難《あ がと》うございました。私にとって初の「Dom／Subユニバース」（と転生もの）です。楽しんで頂ければ嬉しいです。

こちらは雑誌掲載が二〇二三年だったのでマスク云々《うんぬん》が書かれていますが、あと数年したら「なんでマスク？」となるのでしょうか。そうなっているといいなあと願っております。

「Dom／Subユニバース」には「コマンド」という設定があります。雑誌掲載のときの校正で「このシーン、コマンドを守れてないけど、本能で守らざるをえないはずでは？」と（確認で）書かれていた箇所があるのですが、流石《さすが》に、肉体の限界を超えるものは無理、と解釈《かいしゃく》して頂くのが一番わかりやすいかなと思います。

いくらDomに「時速百キロで走れ」と命令されても、魔法の世界じゃないのでそれは無理なのです。そして「眠るな」とか「トイレに行くな」等はいずれ絶対に限界が来る。また、意識を奪われ傀儡化《かいらいか》しているというわけではないので、動作としては可能でも生命を脅《おびや》かすような命令には背《そむ》けないこともないです。生命の危機を回避しようとするのも本能ですので。拙著においては「コマンド」に「従う本能」というのをそんな感じで解釈・設定しております。

　因《ちな》みに、転生先での企業のホワイト化は、ダイナミクスに起因しているという裏設定がありました。前の世界でブラック化が加速した大きな理由は数十年前の派閥《はばつ》争いであり、その主要人物たちは転生先の世界ではパートナーになったりしていて争いの結果が大きく変わっている。ブラック企業じゃないので社風も変わり、人格が穏やかなままの人たちがいるという。

　そして当初、文庫の書き下ろしは「Ｓｗｉｔｃｈ《スイッチ》の（ダイナミクスのない世界に入れ違いで転生した）幹人《みきと》」の話にしようかなと思っていたものの、「ＢＬ関係ない＆そもそも残りページがもうない」と諭《さと》され「それもそうだった……」となり、後日談のラブとなりました。

　そんな可愛《かわい》がられまくりの受は自称Ｓの元タチなのですが、若いタチの絶対数が少ない上に美形なのでモテていました（リバを試そうとした人はいる）。薄々それに気づいている攻。


　イラストは、篁《たかむら》ふみ先生に描いて頂きました。

　受は美しくかつ可愛らしくて素敵です……。攻は優しいお顔立ちなのに、ちょっとＳを秘めた美形で最高でした。強制コマンドのシーンのイラストがとても好きです。

　そして、今月発売の雑誌ディアプラスにて、篁先生による『ブラック社員の転生先はＤｏｍ／Ｓｕｂユニバースの世界でした』のコミカライズが始まります。わーい！　そちらもぜひ、よろしくお願いいたします！

この本を読んでのご意見、ご感想などをお寄せください。
栗城 偲先生・篁 ふみ先生へのはげましのおたよりもお待ちしております。

〒113-0024 東京都文京区西片2-19-18 新書館
[編集部へのご意見・ご感想] 小説ディアプラス編集部
「ブラック社員の転生先は Dom/Sub ユニバースの世界でした」係
[先生方へのおたより] 小説ディアプラス編集部気付 ○○先生

- 初出 -
ブラック社員の転生先はDom/Subユニバースの世界でした：
小説DEAR+22年ナツ号(vol.86)、アキ号(vol.87)
ライトフル・パートナー：書き下ろし

[ぶらっくしゃいんのてんせいさきはどむさぶゆにばーすのせかいでした]
ブラック社員の転生先は
Dom/Subユニバースの世界でした

著者：**栗城 偲** くりき・しのぶ

初版発行：2023年8月25日

発行所：株式会社 新書館
[編集] 〒113-0024
東京都文京区西片2-19-18 電話 (03) 3811-2631
[営業] 〒174-0043
東京都板橋区坂下1-22-14 電話 (03) 5970-3840
[URL] https://www.shinshokan.co.jp/

印刷・製本：株式会社 光邦

ISBN978-4-403-52580-3